LES APPRENTIS

SAMOURAÏS

18, rue Barbès, 92128 Montrouge Cedex
ISBN : 979-1-0363-1615-9
Dépôt légal : juin 2021

Loi n° 49-956 du 16 juillet 1949 sur les publications destinées à la jeunesse.

Marine Carteron

Les apprentis samouraïs

I

Le trésor des Minamoto

bayard jeunesse

PARTIE

1

1
En retard

– Surtout, Sakura, tu fais bien attention à ne pas te blesser et…

– … et je pense à mettre mon protège-dents, répond impatiemment la jeune fille à sa mère. Je ne risque pas d'oublier vu que tu me l'as répété genre un milliard six cent douze fois. Sérieux maman, tu me prends pour un bébé ? Je te rappelle que je vais faire un stage d'arts martiaux, pas un entraînement commando avec les forces spéciales !

Assise à l'arrière de la voiture de sa mère, Sakura trépigne d'impatience car elle va enfin réaliser son rêve : participer au stage de samouraïs organisé par le célèbre maître Saburo.

Enfin… si elles arrivent un jour.

– Plus vite, maman, on est en retard. Je suis sûre que tous les autres sont déjà là.

S'abstenant de rappeler à sa fille qu'elles auraient été à l'heure si Sakura n'avait pas changé trois fois de tenue avant de partir, Mme Nakano la rassure.

– Ne t'inquiète pas, il n'est que neuf heures dix. Laisse-moi juste le temps de trouver une place et…

Mais Sakura n'en peut plus d'attendre. À peine arrivée en face du dojo*, elle ouvre sa portière, attrape son sac et saute lestement sur le trottoir.

– Pas la peine de te garer, maman ! J'ai mes affaires avec moi, je descends ici !

– Mais…

Si Mme Nakano espérait serrer sa fille dans ses bras avant son départ, c'est fichu. Quand elle se retourne, Sakura a déjà atteint les piliers de pierre marquant l'entrée du dojo et lui fait de grands signes.

– Allez, par pitié, démarre, ne me colle pas la honte le premier jour, murmure la jeune fille entre ses dents tout en croisant les doigts pour que sa mère ne décide pas de l'accompagner jusqu'à l'intérieur du dojo.

En observant sa fille, avec son sweat à capuche à l'effigie de son personnage de manga préféré, son jean slim et sa frange noire taillée bien droit, Mme Nakano soupire.

---

* Les mots suivis d'un astérisque sont expliqués dans le glossaire à la fin du livre.

« Quand je pense que mon bébé va bientôt avoir douze ans... », songe-t-elle avec un petit pincement au cœur.

Au grand soulagement de Sakura, sa mère se contente d'agiter la main par la vitre de sa voiture, avant de mettre son clignotant et de s'éloigner.

– Ouffff, et c'est parti pour une semaine de liberté, lâche Sakura en se retournant vers le dojo.

Construit dans un ancien monastère perdu dans la campagne lyonnaise, ce club d'arts martiaux est le plus mystérieux de la région, car il appartient au célèbre maître Saburo.

Ce grand sensei*, à la fois judoka*, karatéka*, expert en aïkido* et en kendo*, a gagné des centaines de compétitions dans le monde entier. Puis, sans que personne sache pourquoi, au sommet de sa gloire, le grand sensei a cessé les compétitions. Il a ouvert un dojo réservé aux enfants et aux adolescents où seuls les meilleurs, sélectionnés par le maître lui-même, sont invités à venir s'entraîner... une seule semaine dans l'année.

Le reste du temps, nul ne sait ce qui s'y passe. Dans les dojos il se murmure même que le sensei serait l'héritier d'une dynastie légendaire de samouraïs.

Et les samouraïs, c'est justement la passion de Sakura !

D'origine japonaise, la jeune fille pratique le kendo et le tir à l'arc depuis plus de quatre ans. Il y a un mois, elle a passé avec succès son deuxième grade au kendo, le nidan. Un exploit pour une fille de onze ans. D'ailleurs, elle est certaine que c'est pour cela que maître Saburo l'a choisie.

Quand Sakura pénètre dans la cour pavée ombragée par des marronniers, elle est impressionnée. Bordée sur ses quatre côtés par des bâtiments en pierre de trois étages, celle-ci est immense.

La jeune fille hésite. Elle ne sait pas trop où aller, car l'endroit semble désert. Sa montre indique neuf heures quinze. Le rendez-vous était fixé pour neuf heures...

– Mais où sont-ils tous passés ? murmure-t-elle en s'avançant.

À sa droite, abritées sous une galerie de pierre, des cibles de paille sont dressées contre les murs. Celles-ci sont identiques à celles que la jeune kendoka* utilise pour s'entraîner au tir à l'arc. Entre elles, de hautes fenêtres donnent sur ce qui ressemble à un réfectoire. Trois longues tables de bois sont entourées de bancs, mais personne n'y est installé.

Sakura fait encore quelques pas. Derrière une nouvelle fenêtre elle aperçoit une grande cuisine blanche. Vide, elle aussi. Continuant de longer la galerie, elle découvre un escalier de pierre et va pour s'y engager quand un hurlement strident la fait sursauter :

– HIIIIIIIIiiiiii...

C'est un kiai. Le cri qui jaillit du corps d'un combattant pour manifester son énergie lors d'un affrontement.

Sakura tourne la tête en direction du bruit.

À gauche de la cour, de longues baies vitrées laissent entrevoir les tapis verts d'une salle d'entraînement. Debout en son centre, deux kendokas se tournent autour. Ils sont de stature identique, et portent la même tenue sombre, avec l'armure et le masque traditionnel de kendo. Impossible de les différencier.

Sakura s'approche.

Autour des tapis, des jeunes assis en tailleur observent avec attention leur démonstration.

Comme elle le craignait, Sakura est arrivée la dernière. N'osant pas entrer, elle préfère les contempler de l'autre côté de la baie vitrée. Les deux combattants de kendo enchaînent avec dextérité les mouvements de leur kata.

Leurs gestes sont si précis, si fluides qu'elle a l'impression que ceux-ci flottent au-dessus des tapis. Les sabres de bois volent dans les airs, tranchant et parant, fendant l'espace dans un ballet magnifique.

À la différence du judo* et du karaté*, il n'existe pas de ceintures de couleur pour distinguer les grades des kendokas. Pourtant, Sakura n'a aucun doute sur leur niveau.

« Ils sont au moins kyoshi... voire hanshi », pense la jeune fille en admirant ces deux maîtres de kendo.

Curieuse de savoir qui se cache derrière les masques de métal, Sakura attend sans bouger. Elle connaît cet enchaînement et sait que celui-ci est presque terminé.

Mais juste au moment où l'un des kendokas achève sa dernière attaque, une voix qu'elle connaît trop bien résonne dans son dos :

– Sac-à-rats ? Qu'est-ce que tu fais ici ? Je ne savais pas que les fillettes pouvaient devenir samouraïs...

2
La mauvaise surprise du jour

Laissant à regret le combat des kendokas, Sakura se retourne.

Comme elle le redoutait, un grand garçon blond de douze ans, en jean, polo et baskets de marque, la toise avec un petit sourire narquois.

– Salut, Logan, répond-elle sobrement en se retenant de grimacer.

Sakura connaît bien le jeune karatéka car ils sont dans le même club d'arts martiaux, mais ce n'est pas vraiment un pote. Pas du tout même. En même temps, vu que son plus grand plaisir est de se moquer des autres, et d'elle en particulier, le contraire serait étonnant.

Qu'il soit lui aussi invité au stage de maître Saburo est un coup dur. Pourtant Sakura n'est pas vraiment surprise. Logan se comporte souvent comme un crétin, mais, sur les tatamis, elle doit bien reconnaître que c'est un excellent karatéka… sans doute le meilleur de la région.

Bien décidée à ne pas montrer son agacement, Sakura reporte son attention sur le combat sans plus se préoccuper du garçon.

Les kendokas ont achevé leur démonstration.

Lorsqu'ils enlèvent leurs masques de métal, Sakura ne peut retenir une exclamation de surprise. À droite de maître Saburo, qu'elle a déjà rencontré dans son club, se tient une jeune femme d'une vingtaine d'années, qu'elle ne s'attendait pas du tout à voir aujourd'hui.

– Whaou ! C'est Tomoe Kamara, la vice-championne du monde de kendo ! lance-t-elle, impressionnée.

Mais Logan ricane.

– Rêve pas, Sac-à-rats, t'es pas près d'atteindre ce niveau… Et puis, ça reste une fille. Dans un vrai combat, face à un homme, elle ne ferait pas le poids.

Sakura manque de s'étrangler. Que Logan se moque d'elle, c'est une chose, mais qu'il critique son idole sous prétexte que c'est une fille, pour qui il se prend ?

Elle s'avance pour répliquer quand, pile au même moment, les autres stagiaires sortent en courant de la salle d'entraînement. Repoussée en arrière, elle ne peut que ravaler sa colère.

Logan, la casquette vissée à l'envers sur ses cheveux mi-longs, l'observe d'un air goguenard en saluant les garçons qui filent entre eux. À la différence de Sakura, il semble connaître tout le monde.

Inquiète, la jeune fille essaie de repérer Léon, un judoka de leur collège qui lui a dit qu'il était lui aussi invité. Ce n'est pas vraiment un copain mais, comme lui aussi subit souvent les blagues pourries de Logan, ça lui fera un allié.

– Tu cherches ton amoureux, Sac-à-rats ? se moque Logan. C'est vrai qu'avec un papa triple champion du monde de judo, Léon n'a pas dû avoir beaucoup de mal à être sélectionné...

Sakura bouillonne. Léon est un excellent judoka. À onze ans, il a déjà sa ceinture verte, alors insinuer qu'il ne doit sa place qu'à la renommée de son père est vraiment stupide.

– Franchement Logan...

– Oui ? Quoi ? la coupe aussitôt le garçon en se rapprochant dangereusement.

D'un seul coup, Sakura comprend que Logan dit ça juste pour la provoquer.

Le règlement qu'ils ont reçu avec l'invitation au dojo est très clair : s'ils se battent, ils seront tous les deux renvoyés... il ne faut pas qu'elle tombe dans le piège qu'il lui tend.

Resserrant fermement les mains autour des sangles de son sac à dos, Sakura redresse le buste et suit les autres dans la cour sans lui répondre. Le mieux c'est de faire comme si Logan n'existait pas... tout en croisant les doigts pour retrouver Léon.

Malheureusement, Logan ne s'avoue pas vaincu. Restant à sa hauteur, il lui murmure à l'oreille :

– Alors, Sac-à-rats, t'as mangé ta langue ou tu as trop peur de m'affronter ?

Elle hausse les épaules.

– Ne raconte pas n'importe quoi, Logan. Tu fais du karaté et moi, du kendo. Il n'y a aucune raison que nous soyons dans le même groupe.

Le garçon lui fait un clin d'œil et désigne un grand panneau au centre de la cour.

– Va donc voir là-bas si je raconte des bêtises, madame Je-sais-tout.

Perturbée, Sakura ne remarque pas que Léon est enfin sorti de la salle.

Comme à son habitude le filiforme garçon à la peau sombre et aux cheveux nattés est en train de grignoter. Puisant dans une des multiples poches de son pantalon baggy, il enfourne des bonbons comme s'il n'avait rien avalé depuis des semaines.

Comme sa mère est très à cheval sur la diététique, le jeune garçon profite souvent d'être hors de sa vue pour avaler les cochonneries qui sont interdites chez lui.

Là, visiblement, il est en manque de sucre.

– Logan a raichon, Chakura, maître Chaburo a mélangé tout le monde. Il a expliqué à mon père que ch'était pour nous obliger à travailler notre ècheprit d'équipe. Mais c'est cool, on est ensemble, lui crache Léon entre deux bouchées de réglisse.

Un peu angoissée, Sakura parcourt les listes.

Léon N'batha – groupe Shimoza

Sakura Nakano – groupe Shimoza

Logan Van Mersac – groupe Shimoza

Quand elle découvre son nom entre ceux de Logan et de Léon, son visage devient blanc.

– Alors, Sac-à-rats, tu veux qu'on appelle ta maman pour qu'elle vienne te chercher ? ricane Logan en agitant discrètement son smartphone dernier cri devant elle.

Sakura écarquille les yeux. Depuis que les parents de Logan ont divorcé, ils cèdent à tous les caprices de leur fils. Mais de là à amener un smartphone au dojo !

– Qu'est-ce que tu fais avec ce truc, Logan ? Tu sais très bien que c'est interdit par le règlement. Quand maître Saburo va l'apprendre...

Logan, furieux, se met à grogner :

– Parce que c'est toi qui vas aller lui dire ? Ça ne m'étonne pas, madame Première-de-la-classe.

Sakura rougit.

– Certainement pas ! Je ne suis pas une balance !

Les deux adversaires s'affrontent du regard.

Même si Sakura fait une bonne tête de moins que Logan, elle refuse de baisser les yeux. Reculant son pied droit, la jeune kendoka se met en garde. Immédiatement, Logan fait de même.

L'affrontement semble inévitable, mais Léon refuse de les laisser faire. Le jeune judoka sait que la colère n'a pas sa place dans un dojo.

– C'est bon. Arrêtez, ou vous allez avoir des ennuis, s'interpose le garçon en se glissant entre eux.

Sakura recule d'un pas, mais Logan refuse de capituler. Attrapant Léon par surprise, il balaie ses jambes et le repousse brutalement en arrière.

– Dégage, le Bouffe-tout !

Déséquilibré, le jeune judoka tombe sur le sol, les fesses les premières.

Sakura voit rouge et s'avance vers Logan.

Elle sait qu'elle ne doit pas se battre, mais rien dans le règlement n'interdit d'avoir un peu d'humour. Prenant les autres stagiaires à témoin, elle lance d'une voix forte :

– Dis donc, Logan, pour quelqu'un qui porte un nom de marque de voiture, je te trouve sacrément gonflé de donner des surnoms aux autres.

Immédiatement, quelques rires éclatent dans la cour.

Peu habitué à ce qu'on se moque de lui, Logan manque de s'étouffer. L'atmosphère est électrique.

Poings serrés, le jeune karatéka s'avance vers Sakura. Mais, à ce moment-là, Léon se relève et vient se placer à côté d'elle.

Visages tendus, Logan, Léon et Sakura s'affrontent du regard quand la grosse voix de maître Saburo retentit dans la cour :

– Eh bien, moi qui comptais former des samouraïs, voilà que je me retrouve avec de vulgaires bagarreurs. Vous trois, suivez-moi ! Immédiatement !

3
Les fleurs des morts

Debout entre les deux garçons, Sakura fixe la pointe de ses baskets en attendant que le sensei leur adresse la parole.

Tournant autour d'eux comme un lion autour d'une proie, celui-ci les observe depuis dix bonnes minutes sans dire un mot et la jeune fille commence à avoir peur.

« Ne me renvoie pas, ne me renvoie pas, ne me renvoie pas... », se répète-t-elle en boucle.

– Savez-vous où nous sommes ? finit par leur demander maître Saburo.

Surprise par la question, Sakura lève la tête et observe la pièce où le sensei les a emmenés.

Avec ses nombreuses vitrines remplies d'objets, les tableaux et les photos décorant ses murs, celle-ci ressemble à un musée. Mais Sakura, trop angoissée, préfère laisser les autres répondre.

– On est dans une salle d'exposition ? avance Logan.

– Un musée sur les samouraïs ? précise Léon.

Le sensei hoche la tête.

– Tous les objets réunis ici appartenaient effectivement à des samouraïs. Mais pas n'importe lesquels. Ceux du clan Minamoto, leur explique maître Saburo.

S'avançant dans un angle de la pièce, il désigne un petit tableau protégé par une vitre épaisse. Sur un fond couleur d'or, un samouraï en tenue de combat, ses deux sabres en main, les regarde fixement. L'œuvre d'art est si réaliste qu'on pourrait presque croire que le guerrier va bondir dans la pièce.

– Je vous présente Toyotomi Minamoto. Le fondateur du clan Minamoto. Vous voulez savoir pourquoi j'ai réuni cette collection sur sa famille ?

Comme les deux garçons, Sakura acquiesce.

Juste à côté du portrait du guerrier se dresse un grand panneau en forme d'arbre. Sur chacune de ses branches, des noms sont écrits en japonais. L'arbre est immense. À l'exception d'une seule, toutes ses ramures se terminent par une étrange fleur rouge aux pétales aussi fins que des fils.

– Voici l'arbre généalogique de la famille Minamoto. Tout en bas, vous trouvez son fondateur : Toyotomi. En haut, le nom de son unique descendant.

Sakura, qui est la seule à comprendre quelques mots de japonais, plisse les yeux en découvrant les logogrammes* inscrits en haut du grand arbre. Même si elle n'est pas capable de les déchiffrer, elle se souvient les avoir déjà vus.

– C'est le même nom que celui inscrit sur l'invitation qu'on a reçue pour le stage, s'étonne la jeune fille.

– Tu as raison, confirme maître Saburo. Je suis l'unique descendant de cette famille de guerriers. Un clan qui était le gardien du trésor des samouraïs.

Les yeux de Logan se mettent à briller.

– Un trésor ! Mais c'était quoi ? De l'argent ? Des pierres précieuses ? ne peut s'empêcher de demander le garçon.

Maître Saburo fronce les sourcils et balaie sa question d'un geste de la main.

– Rien de tout cela, Logan. Pour les samouraïs, seuls l'honneur et la vertu sont importants.

Sous le regard acéré de son maître, Logan rougit.

– Alors, ce qu'on raconte est vrai ! s'exclame à son tour Léon. Vous êtes bien un descendant de samouraï. C'est dingue !

– Mais... pourquoi vous êtes le seul ? Et pourquoi toutes les autres branches de l'arbre se terminent par ces fleurs rouges ? veut savoir Logan.

En entendant sa remarque, Sakura sursaute. Elle connaît ces fleurs. Mais elle ne les aime pas.

– Ce sont des higanbanas. Les fleurs des morts, on les utilise pour décorer les tombes au Japon, explique-t-elle en frissonnant.

– Comme les chrysanthèmes chez nous ? interroge Léon.

Maître Saburo hoche la tête gravement.

– C'est exact, et s'il y en a autant c'est qu'en 1853, trahis par des samouraïs renégats, ceux que l'on appelle des rônins*, tous les membres du clan Minamoto furent assassinés. Seul mon ancêtre, en mission à l'étranger, survécut à ce massacre.

– C'est horrible ! ne peut s'empêcher de dire Sakura. Mais pourquoi les ont-ils tués ?

– L'histoire n'est pas très claire, mais il est fort probable que ces rônins pensaient faire disparaître l'ordre des samouraïs en détruisant le trésor de Minamoto.

– Et ils ont réussi ?

Maître Saburo secoue la tête en direction de la jeune fille.

– Oui et non. Suite à la disparition du clan Minamoto, l'ordre des samouraïs cessa effectivement d'exister. Mais les rônins ne réussirent pas à mettre la main sur leur trésor. Depuis ce jour, l'esprit et le code d'honneur des samouraïs survivent. Principalement à travers ces arts martiaux que vous pratiquez avec talent.

Laissant le temps à Sakura, Léon et Logan de digérer ce qu'il vient de leur raconter, maître Saburo refait le tour de la pièce.

Sakura, soulagée, espère qu'ils vont échapper à la sanction. Mais le sensei la détrompe aussitôt :

– Croyez-vous que votre comportement fasse honneur au code des samouraïs pour lequel ma famille a donné sa vie ?

Comprenant que leur attitude de tout à l'heure n'a rien de glorieux, les stagiaires baissent la tête.

– Croyez-vous qu'être fort au kendo, au karaté ou au judo soit suffisant pour faire de vous des samouraïs ? Relevez la tête et répondez-moi !

Comme si maître Saburo avait appuyé sur un bouton, Léon, Logan et Sakura se redressent puis lancent en chœur :

– Non, sensei !

– Vous en êtes certains ?

– Oui, sensei !

– Êtes-vous prêts à modifier votre attitude ?

– Oui, sensei !

Un peu radouci, maître Saburo leur fait signe de s'asseoir.

– Bien. Je vais vous laisser une chance. Vous resterez tous les trois dans cette pièce toute la matinée à méditer. Vous avez jusqu'à midi pour vous entendre. Si vous échouez, vous n'aurez plus votre place ici. J'espère que l'esprit du clan Minamoto saura vous inspirer.

4
Selfies, méditation et trognon de pomme

– Arghhhh !!! Regarde, Sac-à-rats, comme il fait peur, ce masque. On dirait un démon, hurle Logan.

Dos à une vitrine, le garçon prend la pose, grimace et déclenche l'appareil photo de son smartphone. Depuis que maître Saburo les a quittés, c'est au moins le douzième selfie qu'il poste sur les réseaux.

Sakura bouillonne, l'attitude du karatéka l'exaspère et elle se mord l'intérieur des joues depuis une bonne demi-heure pour ne pas lui rentrer dedans.

« Pense au stage, reste calme, respire », se répète-t-elle en fermant les yeux.

Assise en tailleur à côté de Léon, elle tente de se concentrer pour méditer, mais les notifications qui ne cessent de tomber sur le téléphone de Logan l'en empêchent et elle finit par craquer.

– Coupe ce truc et viens méditer !

Mais le garçon n'en a rien à faire.

– La méditation c'est pour les nuls et les fillettes. Moi, je préfère la muscu, lui répond Logan en se mettant à faire des pompes tout en comptant chacune de ses flexions à haute voix.

– Neuf, dix, onze… Bouffe-tout, tu peux me filmer s'te plaît ?

Sakura lève les yeux au ciel.

– Logan, tu ne pourrais pas nous appeler par nos prénoms ?… Je ne suis pas sûre que maître Saburo apprécie.

– Pfffffff… ce n'est qu'un surnom. Arrête de voir le mal partout, Sac-à-rats, ricane Logan tout en continuant ses pompes.

Léon secoue la tête.

– Laisse tomber, Sakura, il est irrécupérable. Et puis, je m'en fiche ! Il peut m'appeler comme il veut. Moi, j'ai faim. C'est la seule chose qui m'intéresse. D'ailleurs, tu ne crois pas qu'on devrait retrouver les autres pour déjeuner ?

Exaspérée, Sakura se lève sans lui répondre.

« Décidément, il n'y en a pas un pour rattraper l'autre… », songe-t-elle en se dirigeant vers une fenêtre.

Par les battants ouverts elle entend des sifflements de flèches qui fendent l'air.

Sur les conseils de Tomoe Kamara, une dizaine de jeunes s'entraînent au tir à l'arc dans la cour.

Si les stagiaires ont des arcs de petite taille, la vice-championne du monde de kendo, elle, utilise un arc de samouraï presque aussi grand qu'elle. Agenouillée en position de sharei*, la jeune femme, concentrée, bande son arc avant de relâcher sa flèche, qui file à la vitesse de l'éclair.

De là où elle est, Sakura ne peut pas voir la cible. Mais, à en croire les applaudissements, Tomoe Kamara a dû mettre en plein dans le mille.

Sakura soupire de dépit.

« Quand je pense qu'au lieu de m'entraîner je suis coincée ici avec ces deux crétins... »

Après un dernier regard vers la cour, la jeune kendoka se retourne. De l'autre côté de la pièce, Léon est en train de fouiller dans son sac à dos. Logan, lui, fait les cent pas les yeux fixés sur une vidéo de son smartphone.

« Si le sensei revient maintenant, on est bons pour repartir chez nous », songe Sakura.

Elle interpelle les garçons :

– Vous ne croyez pas qu'on devrait discuter, trouver un moyen de s'entendre plutôt que de rester chacun dans son coin ? Il est déjà onze heures trente et maître Saburo sera là dans moins d'une demi-heure. Faites un effort !

– Onze heures trente ! C'est presque midi ! s'exclame Léon.

Comme si rien d'autre n'avait d'importance, le garçon sort une pomme de son sac et croque dedans avec voracité.

– T'inquiète pas, Sac-à-rats. Il suffit qu'on ne se tape pas dessus, qu'on dise oui à tout ce que dit le sensei et ça ira, lui lance Logan. Et puis, Bouffe-tout, toi et moi, chacun dans notre domaine, on est les meilleurs. Maître Saburo ne va pas nous virer. Il a dit ça pour nous faire peur, conclut le garçon, très sûr de lui.

Sakura lève les yeux au ciel.

– Logan ! Tu n'as rien écouté de ce qu'a dit le sensei ? Faire semblant de s'entendre ne suffira pas. Moi, je suis certaine qu'il ne bluffait pas. Léon ? Tu en penses quoi ?

Le jeune judoka réfléchit deux secondes, puis répond entre deux mastications :

– Chakura a raichon. Ch'est un stage pour devenir chamouraï, pas une compétichion de judo, de kendo ou de karaté. Si on ne respecte pas le règlement on sera virés, conclut-il avant de finir sa pomme et de jeter son trognon en direction de la poubelle.

Désespérée, Sakura plonge le visage dans ses mains. Ce stage, elle en rêvait depuis si longtemps. Sentant sa gorge se serrer, la jeune fille ferme les yeux. Il ne manquerait plus qu'elle se mette à pleurer.

Soudain, un énorme fracas retentit.

– C'était quoi, ça ? s'inquiète-t-elle en rouvrant les yeux.

D'un simple coup d'œil, elle comprend ce qui vient de se passer.

À force de marcher les yeux rivés sur son écran, Logan s'est cogné dans un présentoir en bois et celui-ci vient de basculer sur le sol. Le garçon a l'air un peu gêné mais, fidèle à ses habitudes, il n'hésite pas à accuser les autres.

– C'est la faute de Bouffe-tout ! J'ai glissé sur son trognon de pomme !

Léon sursaute.

– Mais non, n'importe quoi ! J'ai jeté mon trognon dans la poubelle, un tir parfait !

Léon et Logan, poings serrés, se lancent des regards noirs.

Sakura se précipite.

– Ah non, alors ! Vous voulez vraiment qu'on se fasse virer ? On s'en fiche de savoir de qui c'est la faute. Aidez-moi plutôt à tout remettre en place, dit-elle en s'approchant du présentoir.

Penauds, les deux garçons desserrent les poings avant de rejoindre Sakura.

– Attention : un, deux, trois...

Coordonnant leurs mouvements, ils repoussent le support de bois contre le mur puis reculent pour le contempler.

Il a l'air en parfait état, mais... quelque chose cloche.

5

Trois samouraïs sur une boîte en laque

– Dites, c'est normal qu'il n'y ait rien sur ce présentoir ? s'interroge Léon.

– C'est vrai, ça... Surtout qu'il y a une étiquette dessus, constate Logan.

Sakura se penche et lit à haute voix ce qui est inscrit devant le support en bois :

> Boîte à papier japonaise en laque noire.
> Couvercle avec décor dit
> des « Trois Samouraïs Minamoto »
> Longueur : 36 cm
> Largeur : 27 cm
> Hauteur : 10 cm

– Okay, il nous manque une boîte d'environ cette taille-là, avec trois types en kimono* dessus... Ça ne devrait pas être si dur que ça à retrouver, clame Logan avec assurance.

Même si Sakura ronchonne que les samouraïs peuvent AUSSI être des filles, elle doit reconnaître que son camarade n'a pas tort… La boîte ne doit pas être loin.

Tous les trois se mettent à chercher.

– Regardez, je l'ai trouvée, elle avait glissé sous le banc, s'exclame Léon en la brandissant.

Le couvercle du coffret représente trois jeunes samouraïs à l'entraînement.

– J'avais raison, il y a bien une fille, jubile Sakura en désignant un des personnages.

Effectivement, si les deux samouraïs s'entraînant au maniement du sabre sont des garçons, celui qui brandit un arc est clairement une femme. Habillée d'un long kimono vert et coiffée d'un lourd chignon, ce samouraï est bien UNE samouraï.

– Okay, Sac-à-rats, j'ai rien dit… Mais, fille ou pas, le plus urgent, c'est de remettre cette boîte à sa place, non ?

Sakura acquiesce.

Léon va pour la poser quand celle-ci glisse de ses mains poisseuses et s'écrase sur le sol.

– Nooooooooooooooonnnn ! crient-ils d'un seul souffle.

Tétanisés, ils voient la boîte de laque noire éclater en deux morceaux tandis qu'un petit papier s'en échappe et s'envole dans les airs.

D'ailleurs, à y regarder de plus près, ce n'est pas juste « un papier » mais plutôt un très joli pliage en forme d'étoile.

– Un origami* ! s'exclame Sakura en tendant la main pour l'attraper.

Mais Logan est plus rapide. D'un bond souple, il cueille la petite étoile de papier blanc et la fourre dans son sac à dos.

– Hé ! Ne te gêne pas, surtout ! proteste la jeune fille en s'avançant vers Logan.

– Laisse tomber, Sakura, la stoppe Léon. C'est pas le moment de s'occuper de ce truc. Avec le boucan qu'on a fait, on a intérêt à tout remettre en place avant que quelqu'un arrive, la presse le garçon en jetant des coups d'œil inquiets vers la porte.

Oubliant Logan, Sakura ramasse un morceau de la boîte tandis que Léon s'empare du second.

Malheureusement, ils n'ont pas le temps de la reposer.

Une femme vient d'entrer dans la salle.

– Qu'est-ce qui se passe, ici ?

En reconnaissant Tomoe Kamara, Sakura blêmit. Tout à l'heure, Léon lui a appris que la grande championne était aussi l'assistante personnelle du sensei... alors la voir ici n'est pas bon signe.

Plantés devant le support vide pour le cacher, Léon et Sakura, les morceaux de la boîte derrière le dos, se regardent avec effroi.

Logan est le seul à avoir les mains libres.

Avant que Tomoe Kamara s'approche, il se jette sur elle en hurlant :

– Le masque du démon m'a jeté un sort, j'ai trop peur, protégez-moi ! Je suis trop jeune pour mourir !

C'est complètement idiot, mais c'est efficace. Tournant le dos à Sakura et Léon, la championne suit Logan à l'autre bout de la pièce.

Heureusement, la boîte n'est pas cassée mais juste séparée en deux parties. Sauf que quelque chose les empêche de la refermer.

– Il y a un truc qui pendouille de ton côté, c'est ça qui coince, murmure Léon.

Il a raison.

Sous le choc, le fond de la boîte s'est légèrement fendu, et un fil brillant s'est glissé dans la rainure.

Sakura tire doucement sur ce qui ressemble à une petite chaîne.

– Fais vite, la presse Léon en grimaçant.

Malgré sa peur d'abîmer la précieuse antiquité, elle tire d'un coup plus sec et l'objet finit par tomber dans sa main.

On dirait un bijou, mais Sakura n'a pas le temps de l'observer plus longtemps. De l'autre côté de la pièce, malgré les gémissements de Logan, Tomoe Kamara s'impatiente.

– Ne sois pas ridicule, Logan, ce masque ne lance pas de sorts. C'est un mempo.

– Mais il fait super peur...

– C'est normal. Il était porté par les samouraïs pour effrayer leurs ennemis lors des combats, lui explique la championne.

– Oui, mais... regardez... là... Vous êtes certaine que ce n'est pas une formule de sorcellerie ? insiste le garçon pour obliger la jeune femme à garder les yeux fixés sur le masque.

Comprenant que malgré tous ses efforts Logan ne réussira pas à détourner très longtemps l'attention de l'assistante de maître Saburo, Sakura glisse la mystérieuse chaîne dans la poche de son jean, saisit le couvercle de la boîte des mains de son ami et le pose sur l'autre partie. La boîte se referme enfin.

Léon la repose aussitôt à sa place : juste à temps.

Tomoe Kamara, traînant Logan accroché à la manche de son kimono, revient vers eux. Et elle n'a pas l'air très contente.

– Vous allez me dire ce qui se passe ici à la fin !

Sakura, repensant aux préceptes de son maître de kendo, inspire profondément pour retrouver son calme.

« Si jamais Tomoe ouvre la boîte et remarque la fissure, nous sommes fichus ! Nous serons exclus du dojo, et jamais je ne pourrai devenir une samouraï », se dit-elle en tentant d'afficher un visage innocent.

À côté d'elle, Léon et Logan n'ont pas l'air très à l'aise. Plus personne n'ose parler.

L'assistante de maître Saburo, mains dans le dos, fait le tour de la salle en observant chaque objet exposé avec attention. Quand elle s'approche du présentoir en bois, Sakura cesse de respirer.

La jeune femme se penche sur le support et fronce les sourcils.

– Vous avez touché au coffret des Trois Samouraïs ? leur demande-t-elle d'un ton inquisiteur.

Incapables de répondre, Sakura, Léon et Logan secouent vivement la tête de droite à gauche.

Tomoe Kamara saisit la boîte entre ses mains. Comme si elle cherchait quelque chose, elle l'observe avec attention. Elle va l'ouvrir quand un bruit étrange détourne son attention : « Gargblrgblblgargblr… »

Léon lève la main.

– Excusez-moi, c'est mon estomac. J'ai faim, gémit le garçon avant d'ajouter d'un ton plein d'espoir : Ce n'est pas l'heure de déjeuner ?

L'assistante de maître Saburo hésite, persuadée que les enfants lui cachent quelque chose. Elle décide de laisser tomber pour l'instant et repose la boîte sur son support.

– Allez, suivez-moi, je vous emmène au réfectoire, les autres sont partis se changer. Ils ne vont pas tarder, dit-elle en les poussant vers la sortie.

6
Les trois anneaux des samouraïs

Installés à une des trois tables de bois, juste en face d'une grande fenêtre donnant sur la cour, Sakura, Léon et Logan boivent en silence. Avant de les quitter, l'assistante de maître Saburo leur a servi un verre de jus d'orange.

Les autres stagiaires arrivent par petits groupes. Souriants et excités, ils ne font pas attention à eux et s'assoient aux autres tables.

Des bribes de leurs conversations parviennent aux oreilles de Sakura. Il n'y est question que des choses formidables qu'ils ont faites dans la matinée : tir à l'arc, démonstration de kendo, entraînement aux différents arts martiaux...

En constatant tout ce qu'elle a raté, la jeune fille soupire.

– Au fait, Sac-à-rats, Bouffe-tout m'a dit que vous aviez trouvé un truc dans la boîte. C'était quoi ? lui demande Logan.

Sakura jette un regard noir à Léon. Elle aurait préféré qu'il garde ça pour lui.

– Ben quoi ? C'est pas toi qui répètes sans arrêt qu'on doit former une équipe ? lui rappelle son ami en haussant les épaules.

Prise à son propre piège, Sakura rougit. À regret, elle sort la chaînette de sa poche et la tend au-dessus de la table.

Trois anneaux en or sont reliés entre eux par une très fine chaîne. Les bijoux sont un peu ternis, mais on distingue des dessins sur leur surface externe et une inscription est gravée à l'intérieur.

– C'est du japonais ? demande Logan à Sakura.

La jeune fille hoche la tête. Elle a parfaitement reconnu les logogrammes qui composent l'écriture japonaise.

– Et ça veut dire quoi ? la questionne Léon.

Après une longue minute à observer les kanjis* et les kanas*, Sakura doit s'avouer vaincue.

– J'ai quitté le Japon à cinq ans, alors je comprends des bribes de japonais, je le parle un peu et je reconnais deux ou trois mots, mais je ne sais pas vraiment le lire, avoue-t-elle piteusement.

– Vous croyez qu'il appartenait aux trois samouraïs peints sur la boîte ? demande Logan en prenant le bijou.

– Vu que maître Saburo a dit que tous les objets de la pièce appartenaient au clan Minamoto, il y a des chances, pronostique Léon.

Logan glisse son annulaire gauche dans l'anneau du milieu. Celui orné d'un dragon. Puis il prend la pose et tend la main au-dessus de la table en agitant les deux anneaux restants :

– Regardez comme j'ai la classe ! Allez-y, faites comme moi, il y en a un par personne. Comme ça, on sera une vraie équipe de samouraïs.

– Moi, je prends celui avec le crabe. C'est super bon, les crabes, dit Léon en enfilant aussitôt l'anneau de droite.

Sakura croise les bras, elle n'a pas du tout envie de faire l'imbécile.

– Ne comptez pas sur moi pour faire un truc aussi ridicule !

Mais Logan, têtu, insiste :

– Regarde, Sac-à-rats, il y a des fleurs sur le dernier… c'est parfait pour toi.

– Et pourquoi ?

– Ben, parce que t'es une fille, lui lance le garçon comme si c'était une évidence.

Sakura déteste ce genre de réflexion. Comme si les filles devaient OBLIGATOIREMENT aimer les fleurs !

– Je m'appelle SAKURA, pas « Sac à rats »… D'ailleurs, mon prénom signifie « fleur de cerisier » en japonais. Et c'est pas un « truc de fille », vu que c'est le symbole des samouraïs !

Si elle pensait lui clouer le bec, elle est loin du compte. Au lieu de s'excuser, son agaçant partenaire sourit :

– Raison de plus pour que tu enfiles cet anneau, vu qu'il y a ton nom dessus ! Allez, si tu le fais, je te promets que je ne t'appellerai plus jamais « Sac-à-rats », insiste-t-il.

– Ni moi, Bouffe-tout ! ajoute aussitôt Léon, bien décidé à en profiter.

Sakura hésite. Si cette mascarade peut lui permettre de rester au stage, après tout, pourquoi pas ?

– Tu promets ? Tu jures sur le code d'honneur des samouraïs que tu tiendras ta parole et que tu respecteras le règlement ?

Logan pose sa main libre sur son cœur et déclame d'un ton grandiloquent :

– Moi, Logan, samouraï des temps modernes, jure sur l'anneau du dragon de respecter mes coéquipiers jusqu'à la mort, et de ne plus jamais les appeler

Bouffe-tout et Sac-à-rats. Par le pouvoir de cet anneau sacré, nous voilà liés pour la vie.

– N'en fais pas trop non plus, rigole Léon.

– Faut que tu jures toi aussi, Bouffe-tout, sinon ma promesse ne tient pas !

Le jeune judoka grimace, réfléchit une seconde, puis obtempère.

– Okay : moi, Léon, apprenti samouraï des temps modernes, dit-il en louchant vers Logan, je jure sur l'anneau du crabe de respecter mes coéquipiers jusqu'à la mort… et de ne plus jamais leur piquer leurs goûters. Par le pouvoir de cet anneau sacré, nous voilà liés pour la vie, conclut Léon en posant la main droite sur son estomac.

– C'était toi pour les goûters ! J'en étais sûr, sale morfal, grogne Logan.

Sakura n'a plus le choix. Elle glisse son annulaire gauche dans le dernier anneau, pose la main droite sur son cœur et récite de mauvaise grâce :

– Moi, Sakura, samouraï des temps modernes, jure sur l'anneau de fleurs de cerisier, de respecter mes coéquipiers jusqu'à la mort, et de ne plus jamais penser qu'ils sont des crétins. Par le pouvoir de cet anneau sacré, nous voilà liés pour la vie… C'est bon, vous êtes contents ?

Logan et Léon hochent la tête. Mais, juste au moment où Sakura s'apprête à retirer son doigt du bijou, celui-ci se met à scintiller si violemment qu'ils sont obligés de fermer les yeux.

Quand la lumière éblouissante disparaît enfin, Sakura est la première à ouvrir les yeux.

– C'est bon, je crois que c'est fini, annonce-t-elle en battant des cils pour retrouver une vision normale.

Logan lève doucement une paupière, puis l'autre... mais les referme aussitôt.

– Sakura, je crois que j'ai un problème, je vois des trucs bizarres, couine-t-il en se frottant énergiquement les yeux.

À son tour, Léon glapit :

– Mais... qui m'a piqué mon jus d'orange ?

Ouvrant grand les yeux, Sakura et Logan constatent que leur ami a raison : leurs verres ne sont plus sur la table.

D'ailleurs, à bien y regarder, les tables, les bancs et tous les autres stagiaires ont, eux aussi, disparu !

Sakura, Logan et Léon, ébahis, découvrent qu'ils sont assis sur des tatamis autour d'une table basse en laque noire, au centre d'une petite pièce aux murs tendus de papier blanc.

– On dirait l'intérieur d'une maison japonaise, avance Sakura. Regardez, il y a même un autel dédié aux divinités protectrices, ajoute-t-elle en désignant un petit meuble sur lequel fument des bâtons d'encens.

– Tu en es sûre ? lui demande Logan.

– Non... mais mes grands-parents vivent à Kyoto et leur salon ressemble beaucoup à celui-ci, rétorque Sakura en haussant les épaules.

– Et alors ? C'est censé expliquer pourquoi vous m'avez piqué mon jus d'orange ? s'énerve Léon en secouant ses tresses dans tous les sens.

Le garçon va ajouter quelque chose quand Logan s'exclame :

– J'ai lu sur Internet que maître Saburo avait reconstitué l'intérieur d'une maison de samouraï dans l'enceinte du dojo. C'est là qu'il habite. On doit être dedans !

– N'importe quoi ! On aurait changé de pièce en deux secondes, sans s'en apercevoir ? Et, même si c'était possible, pourquoi on est tous déguisés ? répond Léon.

Sakura sursaute.

Concentrée sur son environnement, elle n'a pas fait attention aux vêtements des garçons. Pourtant le changement saute aux yeux : Logan et Léon portent exactement les mêmes vêtements que ceux des samouraïs de la boîte de laque noire !

– C'est quoi, cette tenue ? s'étrangle la jeune fille, complètement paniquée.

– Et toi alors ? Au lieu de critiquer, tu ferais mieux de te regarder, grogne Logan.

Quand Sakura baisse les yeux, elle manque de tomber à la renverse.

Si les garçons sont habillés du kimono, du kataginu* et du hakama* traditionnels des samouraïs, elle-même est vêtue d'un splendide kimono de soie vert brodé de fleurs et ceinturé à la taille par un large obi* écarlate.

Pour la première fois de sa vie, Sakura ne sait plus quoi dire.

« C'est impossible, je dois rêver... », pense-t-elle en tentant de se remémorer à voix haute les évènements qui les ont conduits jusqu'ici :

– On était en train de boire un jus d'orange dans le réfectoire. Logan nous a obligés à prononcer son stupide serment, et à enfiler les anneaux...

– ... à ce moment-là, il y a eu une grande lumière..., complète Léon.

– ... et nous avons atterri dans cette pièce bizarre, habillés comme des samouraïs, termine Logan.

Pendant quelques secondes ils ne disent plus rien, puis s'écrient en chœur :

– LES ANNEAUX !

7
Sucette au citron et origami

– C'est certainement à cause de ces fichus bijoux que tout est arrivé ! s'exclame Logan en frappant la table du poing.

Sakura baisse les yeux sur sa main gauche.

Bien en évidence autour de son doigt, l'anneau décoré de fleurs de cerisier brille de mille feux, mais la chaînette qui le reliait aux autres a disparu.

– C'est bizarre, mon anneau a l'air tout neuf, constate-t-elle.

– Ouais, le crabe de Léon est super brillant, et mon dragon aussi, ajoute Logan en s'approchant de ses amis.

– Peut-être que, si on les enlève, tout redeviendra comme avant ? avance Léon.

– Bonne idée ! s'exclament Sakura et Logan.

Immédiatement, ils essaient de retirer les anneaux, mais... rien à faire. Ils ont beau les tirer, les tourner, tenter de les faire glisser, les bijoux refusent de quitter leurs annulaires.

Léon est le premier à abandonner.

Dans un coin de la pièce, il vient de repérer quelque chose qu'il connaît bien, et qu'il est très content de retrouver.

– Regardez ! Nos sacs à dos ! dit-il en se précipitant sur le sien.

Sakura et Logan regardent leur ami ouvrir son sac et en faire l'inventaire :

– Un paquet de chips à moitié vide, deux sandwichs jambon-cornichon, une barre de céréales, un tiers de camembert...

Logan l'interrompt :

– Tu fais quoi, là ?

– Ben, je vérifie mes réserves...

Sakura n'en revient pas. Ils sont coincés dans un endroit inconnu et Léon ne pense qu'à son estomac !

– Tu rigoles, j'espère ? lui dit-elle, interloquée.

Mais Léon est très sérieux.

– Vu qu'on ne sait pas où on est, ni comment partir d'ici, vous feriez mieux de vérifier ce que vous avez dans vos sacs. J'ai à peine de quoi me nourrir, alors ne comptez pas sur moi pour partager, grogne le garçon.

Logan regarde Sakura en grimaçant.

– Laisse tomber... Par contre, je crois qu'il n'a pas

tort pour les sacs. On a intérêt à les prendre avec nous, au cas où…

– Au cas où QUOI ? le coupe Sakura.

– J'en sais rien, moi, au cas où, c'est tout, soupire Logan en se levant pour aller chercher ses affaires.

Le garçon ne l'avouerait pour rien au monde, mais il commence à avoir un peu peur.

Comme à chaque fois qu'il doit se donner une contenance, Logan tire son smartphone de son sac. Il l'allume, grimace, et fait le tour de la pièce en le brandissant dans tous les coins.

– Qu'est-ce que tu fabriques ? Tu ne peux pas nous aider à trouver une solution plutôt que de faire des selfies ? s'agace Sakura.

– Je ne fais pas de selfie, j'essaye de nous géolocaliser… mais je n'y arrive pas. Il n'y a pas de Wi-Fi et pas de réseau non plus, grommelle le garçon.

Abandonnant son smartphone sur le plateau de la table, Logan décide de faire l'inventaire de son sac à dos : il y a un paquet de bonbons, un couteau suisse, un peigne, son chargeur et, coincée entre sa trousse et une sucette pas tout à fait terminée, la petite étoile de papier blanc qui s'était échappée de la boîte de laque.

– Hé ! Regardez ! crie-t-il en attrapant l'origami.

Léon et Sakura lèvent les yeux vers sa trouvaille. L'origami est un peu froissé. La sucette est collée sur une de ses branches et pendouille lamentablement.

– Une sucette ! crie Léon.

– L'étoile de papier ! Je l'avais complètement oubliée, s'exclame Sakura.

Logan retourne l'origami dans tous les sens puis le passe à Sakura.

– Mince, j'espérais qu'il y aurait quelque chose d'écrit dessus... un genre d'indice.

– Je peux finir la sucette ? demande Léon, les yeux brillants.

– Tu crois que c'est le moment ? s'énerve Sakura.

– Ben quoi ? Vu qu'on ne sait pas combien de temps on va rester coincés ici, ce serait dommage de la gâcher, se justifie Léon en avisant les regards noirs de ses coéquipiers.

Agacée, Sakura décolle la sucrerie et la tend à Léon, qui la fourre immédiatement dans sa bouche avec un soupir de bonheur :

– Hummmmm... chitron, mon parfum préféré...

Le garçon s'apprête à expliquer à ses coéquipiers pour quelles raisons le citron est bien meilleur que la fraise quand, soudain, Logan tend le doigt vers l'origami en s'exclamant :

– Hé ! Regardez ! il y a un truc à l'intérieur !

Quand Sakura a décollé la sucrerie, un peu de papier est parti avec elle. À travers la déchirure on peut maintenant apercevoir des traces d'encre noire.

D'un seul mouvement, les trois amis se penchent vers l'origami... et poussent un hurlement de douleur.

8
Le message des trois samouraïs

– Aïe, ma tête ! Vous n'auriez pas pu faire attention ? grogne Sakura en se frottant le crâne.

À ses côtés, Léon et Logan grimacent. Eux aussi se sont fait mal, alors ils ne voient vraiment pas pourquoi ce serait à eux de s'excuser.

Sans leur demander leur avis, la jeune fille s'empare de l'étoile de papier.

– J'ai déjà fait des origamis avec ma grand-mère, je sais comment l'ouvrir.

Elle déplie l'étoile de papier avec mille précautions.

À l'intérieur, il y a un texte en japonais divisé en trois paragraphes.

– C'est étrange, je n'ai jamais appris à lire le japonais, mais je comprends ce qui est écrit au début, s'étonne Sakura.

– Ça alors ! Moi, c'est le milieu du texte que j'arrive à lire, ajoute Léon.

– Et moi, la dernière partie ! termine Logan.

Sans s'attarder sur ce mystère, Sakura propose :

– On n'a qu'à lire chacun notre tour ?

Les garçons s'assoient, et elle commence aussitôt sa lecture :

– « Je m'appelle Ako Minamoto. Notre clan est depuis des siècles le gardien du trésor des samouraïs. Nous avons été trahis par des rônins, des samouraïs qui nous ont éliminés. Mais mes frères et moi ne sommes pas vraiment morts et nous continuons à veiller sur notre trésor. »

Sakura passe la feuille à Léon, qui reprend :

– « Je m'appelle Eiko Minamoto. Si vous lisez ce message, c'est que notre trésor est en grand danger. Aujourd'hui, nos trois anneaux magiques vous ont reconnus comme des descendants de samouraïs et nous avons besoin de votre aide. »

Ce que dit Léon est incroyable. Pourtant, Logan ne semble pas vraiment surpris.

– Des descendants de samouraïs ! Moi qui prenais mon grand-père pour un cinglé ! s'exclame le jeune karatéka.

– Comment ça ? lui demande Sakura.

– Quand j'ai commencé les arts martiaux il y a quatre ans, ma grand-mère m'a raconté qu'un de nos ancêtres était William Adams.

– William Adams ? Tu parles bien du premier

Occidental à avoir été fait samouraï par un shogun* ? l'interroge Léon.

– Oui. Mais, comme c'était il y a hyper longtemps, je ne l'ai pas vraiment crue. Sauf que, maintenant que j'ai lu ce message, je me pose des questions... Et vous ? Vous avez des ancêtres samouraïs ?

Logan aimerait bien être le seul à avoir une aussi prestigieuse ascendance mais, à sa grande déception, Sakura hoche la tête.

Ses grands-parents japonais ont toujours soigneusement préservé l'histoire de leur famille. Fièrement, elle explique à ses amis qu'elle est la descendante de Nakano Takeko, une samouraï célèbre du XIXe siècle.

– Regardez, leur dit-elle en ouvrant le médaillon qu'elle porte autour du cou, j'ai même son portrait sur moi.

Au creux du bijou, les garçons découvrent la photographie en noir et blanc d'une femme japonaise au visage sévère.

– Ouais, elle a l'air aussi sympa que toi, ironise Logan. Sauf que... reste Léon...

Logan, gêné, ne sait pas trop comment tourner la fin de sa phrase. Mais le jeune judoka devine immédiatement ce qu'il hésite à dire.

– Quoi ? Tu penses que, comme je suis noir, je ne peux pas descendre d'un samouraï ? Franchement, ça craint comme réaction...

– Non, mais, avoue, c'est bizarre tout de même, se justifie Logan.

Léon sourit. Il ne s'en est jamais vanté auprès de personne mais il a toujours été convaincu que ses incroyables capacités au judo lui venaient de son ascendance. C'est le moment de clouer le bec à Logan.

– On vous a déjà parlé de Yasuke ?

En entendant le nom du célèbre samouraï noir du XVIe siècle, Sakura sursaute.

– Non ! Tu serais… un descendant de Yasuke ? C'est dingue !

– Donc, si nous avons tous les trois du sang de samouraï, ça voudrait dire que…

– Ce papier dit la vérité, complète Léon en repassant l'origami à Logan. Allez, lis-nous la fin du message.

Logan s'empresse d'obéir :

– « Je m'appelle Hiro Minamoto. Grâce à un yamabushi*, notre esprit a été transféré dans nos armes. Votre mission est de les libérer pour nous permettre de faire de vous de vrais samouraïs. Ainsi, vous pourrez devenir les nouveaux protecteurs de notre trésor. Si vous réussissez cette mission, nous vous offrirons les sept vertus du samouraï… Mais sachez que cette quête ne sera pas sans risques. Il existait quatre anneaux magiques. Trois sont en votre possession, mais le quatrième a été volé sur le cadavre de notre grand-père et est à présent entre les mains de nos ennemis. Grâce à cet anneau, ils peuvent vous suivre et vous attaquer à tout instant. Alors prenez garde à vous. »

– C'est tout ? Il n'y a rien d'autre ? s'étonne Léon.

Logan lui tend le papier et montre le dernier logogramme de la dernière phrase.

– Si. Ici je peux lire : « et ainsi vous trouverez le chemin »… mais je ne comprends pas le début de la phrase.

– C'est parce qu'il faut la lire ensemble ! s'exclame Sakura en posant le doigt sur le papier. « Dans la maison de notre enfance, cherchez…

Sakura tend le papier à Léon, qui poursuit :

– … l'étoile perdue au cœur du cerisier…

– … et ainsi vous trouverez le chemin du retour », répète Logan en tapant dans la main de ses amis.

Si les garçons sont fiers d'avoir décodé le message de l'origami, Sakura s'inquiète.

– C'est bien beau, mais on commence par quoi ?

Léon se frotte le ventre. Ça peut sembler idiot, mais ce geste l'a toujours aidé à se concentrer.

– Eh bien, vu que le message a été écrit par des samouraïs, et qu'on doit chercher des armes, l'étoile pourrait être un shuriken*. Je les collectionne et ils sont presque toujours en forme d'étoile.

– Et cette histoire de cerisier ? lui demande Logan.

– Là, je suis certain qu'il parle d'un vrai arbre.

– Pourquoi ?

– Ben... parce que, moi, ça m'arrive souvent de perdre mes shurikens dans les arbres quand je m'entraîne dans le jardin, avoue Léon.

Logan attrape son sac à dos et bondit comme un diable hors de sa boîte.

– Super ! Reste plus qu'à trouver le cerisier, et on trouvera le shuriken... Le dernier arrivé est un trou duc ! crie le garçon en s'élançant vers l'extérieur.

Surpris, Léon et Sakura le regardent disparaître par la cloison de papier.

– Non, mais... je rêve, bredouille Sakura. Il pourrait nous attendre, tout de même !

– Ouais, d'autant qu'on ne sait même pas ce qu'on fera de ce shuriken quand on l'aura trouvé, grogne Léon.

Un peu agacés, les deux amis mettent leur sac sur leur dos et se précipitent à la suite de Logan.

De l'autre côté de la paroi de papier, il y a une longue galerie de bois qui surplombe un jardin.

C'est un jardin minéral, typique des jardins de méditation japonais. Celui-ci est clos par une enceinte de pierre haute de trois mètres et fermée par une porte de bois épaisse à double battant.

Il y a très peu de végétation.

Au sol, des graviers blancs ont été soigneusement ratissés et dessinent d'élégantes spirales autour des arbres. Disséminés sur ce tapis étincelant, de gros galets entassés forment de petites collines sombres.

Logan, les yeux rivés sur son portable, s'est arrêté en bas des escaliers et semble hésiter.

– Un problème, Logan ? se moque Sakura en le rejoignant.

– Non, non, pas du tout… C'est juste que, comme on est une équipe, je vous attendais, lui dit-il sans la regarder.

– Ben voyons, dis plutôt que tu ne sais pas faire la différence entre un érable, un pin et un cerisier, et que tu cherches la réponse sur Wikipédia, lui lance Léon en rigolant.

Logan, démasqué, rougit.

– Non, mais, aussi, pourquoi il n'y a pas de cerises sur ces arbres ? bougonne le garçon en rempochant son smartphone désespérément muet.

Sakura, qui s'est retournée pour contempler le bâtiment, se met à siffler.

– Regardez un peu ça. On n'est pas dans une maison mais dans un château !

La galerie de bois dans laquelle ils se trouvent n'est en fait qu'une toute petite partie du bâtiment. Au-dessus de leur tête se dresse une immense façade composée de murs courbes et percée de minuscules fenêtres où sont accrochées de longues oriflammes décorées de fleurs de cerisier, de dragons et de crabes.

Surmonté de toits rouges recourbés et d'avancées en bois typiques des constructions japonaises, ce château fait plus de trente mètres de haut.

Se souvenant des livres qu'elle a lus sur le sujet, la jeune fille explique :

– Nous sommes au pied du donjon principal, probablement dans le jardin de méditation du seigneur des lieux.

– Et ce serait qui, ce fameux seigneur ? s'inquiète Logan.

Sakura lève les yeux au ciel.

– À ton avis, banane ? Regarde les symboles dessinés sur ces oriflammes.

– Ce sont les mêmes que sur nos anneaux ! s'écrie Logan. Du coup, on serait dans…

– … le château du clan Minamoto, le coupe Sakura. Bien vu, Sherlock, tu es un as de la déduction.

– Même que, vu qu'il a l'air tout neuf, je me demande si on n'est pas carrément revenus au temps des samouraïs, ajoute Léon.

– Bien vu. Ça expliquerait l'absence de réseau, ajoute Sakura.

Logan éclate de rire.

– Ben voyons, n'importe qu…

La fin de sa phrase disparaît sous un long sifflement. Semblant confirmer l'intuition de ses amis, une longue flèche vient se planter à moins de cinq centimètres de ses pieds...

9
Ninja !

– Mais c'est quoi, ça ? crie Logan en courant se mettre à l'abri sous les larges branches du pin qui se dresse juste en face d'eux.

– Je ne sais pas… sans doute les fameux ennemis dont parlait Hiro, lui répond Sakura en se glissant à ses côtés.

– Eh bien, ils n'ont pas mis longtemps à nous trouver ! lance Léon en les rejoignant. Vous les voyez ?

– Pas « les »… « le ». Visiblement il n'y en a qu'un, lui répond Sakura. Regardez là-haut.

Sur le sommet du château, perchée sur le toit de tuiles rouges, une silhouette masquée et entièrement vêtue de noir est tournée vers eux. Armé d'un grand arc, leur ennemi ne bouge pas et se contente de les suivre du regard.

– On dirait un ninja, avance Logan.

– Sans blague, je croyais que c'était le père Noël, rétorque Sakura en levant les yeux au ciel.

– C'est bon tous les deux ! s'énerve Léon. Vous croyez vraiment que c'est le moment ? On n'a même pas d'armes, comment on va faire s'il décide de descendre dans le jardin ?

– On n'a qu'à grimper dans un arbre, suggère Logan.

Léon opine.

– Bonne idée. Mais pas dans celui-là, il n'a pas assez de feuillage pour nous protéger, dit-il en levant la tête.

– Dans lequel, alors ? demande Sakura.

– Dans le cerisier ! propose Léon en désignant l'arbre le plus éloigné d'eux. En plus, avec un peu de chance, on trouvera le shuriken et le chemin pour rentrer chez nous.

Sakura et Logan tournent la tête dans la direction indiquée par leur ami.

L'arbre, immense, n'est pas un cerisier ordinaire. Montant à douze mètres de hauteur, son tronc dépasse les huit mètres de circonférence et ses innombrables branches glissent jusqu'au sol dans une cascade de fleurs roses.

Il est tellement touffu qu'une fois dedans, ils seront à l'abri des flèches.

Sans attendre, Logan va pour s'élancer quand Sakura, alertée par un sifflement, le retient par le bras.

– Attention ! crie la jeune fille.

Logan manque de s'évanouir. En plein milieu de la trace laissée par son pied dans les graviers blancs, une longue flèche vient de se planter.

– C'était moins une. Merci, Sakura, dit le garçon en déglutissant.

Perché sur son toit, le ninja continue de les observer mais son masque noir les empêche de voir l'expression de son visage. Impassible, il attend sans bouger qu'ils sortent de leur cachette.

– Sakura, toi qui fais du tir à l'arc, tu crois qu'il peut nous toucher en tirant du toit si on court en zigzag ? demande Logan avec espoir.

La jeune kendoka observe l'arc brandi par le ninja et secoue la tête.

– Aucune chance de lui échapper. Son hankyu* a une portée de plus de soixante mètres.

– Alors, comment on va faire pour aller jusqu'au cerisier ? s'inquiète Léon.

La situation semble sans issue, quand l'œil de Sakura est attiré par un éclat lumineux à quelques mètres d'eux.

Juste à l'angle de la galerie de bois, suspendu entre deux étais, trône un énorme gong de bronze.

– Regardez ! Ça doit être un système d'alerte, crie-t-elle à ses compagnons.

– Ah oui ? Et comment on va aller jusque là-bas sans se faire trouer la peau, si tu es si maligne ? C'est le même problème que pour rejoindre le cerisier, je te signale, ironise Logan.

Comme s'il voulait lui donner raison, le ninja bande son arc. Une nouvelle flèche vole dans les airs et vient se planter à quelques millimètres de la première.

– La vache ! s'exclame Léon avec admiration. Ça, c'est du tir de précision !

– Ouais, ben, file-lui une médaille pendant que tu y es, grimace Logan.

– J'ai une idée ! Aidez-moi à trouver une grosse pierre, dit Sakura en dénouant son obi.

– Comme celle-ci ? lui demande Léon en soulevant un gros galet blanc.

La jeune fille hoche la tête et commence à dérouler son obi.

– Tu fais quoi avec ta ceinture ? Tu crois que c'est le moment d'ajuster ta tenue ? s'étonne Logan.

– Mais ce que tu peux être bête ! Je me rhabille pas, je fabrique une fronde, répond Sakura.

Joignant le geste à la parole, elle passe le galet au milieu du large morceau de tissu, fait tourner son projectile autour de sa tête avant de l'envoyer voler dans les airs. Mais la peur a fait trembler ses mains. Au grand désespoir de Sakura, le galet rate le gong de bronze et retombe sur le sol.

– Regardez ! Le ninja a dû comprendre ce que tu voulais faire, il est en train de descendre ! lance Léon.

– Courez au cerisier ! Je m'occupe du gong, leur ordonne la jeune kendoka en ramassant un autre galet.

Profitant que le ninja a les mains trop occupées pour utiliser son arc, Sakura s'avance d'un mètre. Elle plante ses pieds dans le sol, respire profondément, fait tourner sa fronde et... lâche son projectile.

Cette fois-ci, ses mains n'ont pas tremblé. Le galet frappe le gong dans un bruit de tonnerre.

– Bien joué ! la félicitent en chœur Léon et Logan.

– Mais qu'est-ce que vous faites là ! Je vous avais dit de partir !

– Comme si on allait te laisser nous sauver, ronchonne Logan. Tu rêves, ma vieille.

Le ninja vient d'atteindre la dernière partie du donjon. Plus qu'une dizaine de mètres, et il sera dans le jardin.

– Faites comme moi, mais visez le ninja, leur ordonne-t-elle en ramassant une autre pierre.

Aussitôt, les garçons dénouent leurs ceintures. Et, après quelques essais infructueux, une pluie de galets s'abat sur le gong et sur leur ennemi.

– Touché ! crie Léon.

– En plein dans le bide ! exulte Logan.

Le ninja, ralenti dans sa progression par les tirs des garçons, se met à couvert dans un angle du toit.

Sakura, concentrée sur le gong de bronze, ne rate pas un seul de ses tirs.

Le gong résonne avec fracas.

BONG, Bong, BONG...

– Regardez, je crois que ça marche ! Des gens viennent à notre secours ! s'exclame Léon en désignant l'enceinte.

Surgissant par la double porte de bois qu'ils avaient repérée en arrivant, une dizaine de soldats armés de lances font irruption dans le jardin.

Arrêtés à une cinquantaine de mètres d'eux, les hommes les observent d'un air peu engageant. Quand ils pointent leurs lances vers eux et se mettent à avancer, les trois amis réalisent que leur plan n'était peut-être pas si malin que ça.

– Heuuu... ils sont au courant que c'est pas nous les méchants ? bafouille Logan.

– Explique-leur ! dit Léon à Sakura en la poussant vers les soldats.

– Pourquoi moi ? s'étrangle-t-elle.

– Je ne sais pas, sans doute parce que tu es la seule à parler japonais..., lui rétorque celui-ci en grimaçant.

Courageusement, Sakura fait quelques pas et crie en désignant le toit de la galerie de bois avec son bras droit :

– Ninja !

Les gardes tournent la tête vers la maison.

À genoux sur la galerie, le ninja décoche une flèche dans leur direction. Touché à la poitrine, un des soldats s'effondre.

Instantanément, les autres se mettent à hurler et se précipitent vers le château sans plus s'occuper des trois amis.

– Bravo, Sakura, la félicite Léon.

– Ben, c'était pas la peine de savoir parler japonais pour crier ça. Moi aussi j'aurais pu le dire, ronchonne Logan, un peu jaloux.

– Eh bien, la prochaine fois, je te laisserai faire ! Filons d'ici pendant qu'ils sont tous occupés !

Et, sans attendre la réponse des garçons, la jeune fille relève son kimono à deux mains et fonce vers le cerisier.

10
En haut du cerisier

Pendant que Sakura, Léon et Logan courent vers le grand cerisier, le combat entre les gardes et le ninja fait rage. Le bruit de leurs cris et le tintement de leurs armes font un fracas assourdissant.

Sakura a beau être en chaussettes, jamais elle n'a couru aussi vite.

Arrivés au pied du cerisier, les trois amis ne perdent pas de temps. Se positionnant chacun d'un côté de l'énorme tronc, ils se mettent à grimper du mieux qu'ils peuvent.

Si Logan et Léon progressent vite, il faut plusieurs minutes à Sakura pour atteindre les premières branches. L'escalade n'a jamais été son fort.

Essoufflée, elle s'arrête un instant pour se retourner vers le château.

Les soldats, coiffés de drôles de casques coniques, sont vêtus d'une tenue rouge brodée de jaune. Leur buste est protégé par une petite armure de pièces métalliques. Plus bas, ils portent une étrange jupe en métal articulé.

Même s'ils sont bien équipés, quatre sont déjà hors de combat.

Debout sur le toit de la galerie de bois, le ninja tire flèche sur flèche et rate rarement sa cible. Les soldats tombent les uns après les autres.

En voyant leur courage, alors qu'elle-même est partie en courant, Sakura a un peu honte. Et puis, elle a peur. Regarder en bas lui fait tourner la tête. La jeune fille s'accroche à sa branche comme si sa vie en dépendait et doute d'être capable de grimper plus haut.

Elle n'a rien osé dire aux autres mais elle a le vertige.

« Je suis trop nulle pour être une vraie samouraï... », se lamente-t-elle en jetant un œil sur ses mains tremblantes.

À son doigt l'anneau brille de mille feux, et le regarder lui redonne un peu de courage.

Elle va repartir quand Logan l'interpelle.

– Sakura ! Lève la tête, il y a quelque chose qui brille juste au-dessus de toi !

L'étoile est là, profondément enfoncée dans le tronc à au moins cinq mètres.

« Jamais je n'y arriverai, c'est beaucoup trop haut », se dit-elle avec angoisse.

– Et Léon ? Il n'est pas plus près ? demande-t-elle avec espoir.

Mais le garçon, perché de l'autre côté du tronc, lui répond aussitôt :

– Non. Il me faudra au moins trois minutes pour te rejoindre... et ce n'est pas le moment de traîner, regarde en dessous !

Un simple coup d'œil confirme à Sakura que le ninja progresse à toute allure.

À court de flèches, il se bat maintenant au corps à corps avec les trois soldats encore debout. Ceux-ci sont courageux, mais la technique du ninja, cent fois supérieure, ne leur laisse aucune chance.

Rien ne semble pouvoir l'arrêter.

Ce n'est plus le moment de tergiverser.

Sakura ferme les yeux. Pendant la bataille d'Aizu, en 1868, son illustre ancêtre n'avait pas hésité à se lancer au cœur des combats à la tête d'une division de femmes combattantes. Alors, elle ne peut tout de même pas rester sur cette branche sans rien faire !

« Je suis une descendante de la grande Nakano Takeko. Je peux le faire », murmure-t-elle pour se donner du courage.

Centimètre après centimètre, la jeune fille progresse vers les hauteurs sous les encouragements de ses amis.

Ses mains sont moites, son souffle court et son cœur bat comme jamais.

Elle a peur mais n'abandonne pas.

Ses amis comptent sur elle.

– Il arrive ! Vite, Sakura ! la presse Léon.

Les garçons sont en train de la rejoindre.

Ils sont à peine à deux mètres quand elle atteint enfin l'étoile de métal.

– Tu avais raison, Léon, je vois un crabe gravé dessus. Ça doit être l'arme d'Eiko Minamoto ! Je vais essayer de la dégager.

– Fais attention ! Les lames des shurikens sont très tranchantes, la prévient-il.

Resserrant ses jambes autour de la branche, Sakura lâche son support, protège ses mains à l'aide des longues manches de son kimono, et tire avec force sur l'étoile de métal.

Mais le tissu l'empêche d'avoir une bonne prise et ses mains glissent.

Le ninja progresse dans l'arbre à une vitesse folle. Il sera sur eux dans moins d'une minute.

– Dépêche-toi ! crie Léon en se positionnant au-dessous d'elle pour la protéger.

– Il est presque là ! hurle Logan en rejoignant Léon.

Vite, la jeune fille enlève sa protection de tissu et saisit le métal à mains nues.

À moins d'un mètre d'elle, les garçons poussent des hurlements. Courageusement, ils tentent de repousser le ninja en le frappant de toutes leurs forces avec leurs pieds.

– Allez ! Tu vas venir, oui ! s'énerve Sakura en bandant les muscles de ses bras.

Avec l'énergie du désespoir, elle tire un coup sec… et bascule dans le vide en entraînant ses amis dans sa chute !

11
L'étoile d'Eiko

Sakura hurle à gorge déployée mais le choc tant redouté n'arrive pas. À la place, elle sent qu'une main la secoue et entend Logan lui demander de se taire.

Encore sous le choc, la jeune fille obéit, soulève ses paupières et découvre qu'ils sont de retour dans le réfectoire du dojo.

– Tout de même… j'ai failli devenir sourd, se moque Logan en lui lâchant le bras.

Sakura, ébahie, ouvre des yeux ronds sur le spectacle qui les entoure, car… plus rien ne bouge !

Comme un film mis sur pause, les stagiaires assis aux autres tables sont figés et un silence absolu règne dans la pièce.

– C'est quoi encore, ce bazar ? marmonne Sakura.

– Je m'en fiche. Je préfère être ici que de me faire découper par le ninja… même si j'aimerais bien comprendre comment on est revenus, lui répond Léon.

Écartant les doigts, Sakura tend l'étoile de métal au milieu de la table.

– Je pense que c'est grâce à ça...

Immédiatement, les garçons avancent la main pour se saisir du shuriken.

Dès qu'ils la touchent, trois choses se passent simultanément : leurs anneaux se remettent à briller, l'arme disparaît... et un garçon inconnu apparaît à sa place.

C'est un jeune Japonais habillé en tenue traditionnelle.

Il semble vivant, pourtant ses contours sont flous et ils peuvent voir les murs du réfectoire à travers lui.

– C'est le fantôme d'un des samouraïs de la boîte de laque ! s'exclame Sakura en le reconnaissant.

L'apparition s'incline profondément devant eux et se présente :

– Sakura-san* a raison. Je suis Eiko, fils du clan Minamoto, frère de Hiro et d'Ako. Aujourd'hui, en portant nos anneaux sacrés et en retrouvant mon shuriken, vous avez libéré mon esprit. Comme promis, je vous apporte donc une partie des pouvoirs dont vous aurez besoin pour remplir la suite de votre mission.

Abasourdis, les amis se lèvent et saluent à leur tour le fantôme du jeune samouraï.

– Mais... quelle mission ? s'inquiète Logan.

– Tout d'abord, celle de retrouver les armes de mon frère et de ma sœur pour les libérer à leur tour. Puis il vous faudra devenir des samouraïs pour nous aider à protéger notre trésor.

Sakura fronce les sourcils. Devenir samouraï, c'est très bien… mais elle aimerait bien avoir des précisions.

– Mais ce trésor…

Le fantôme l'arrête immédiatement :

– Chaque chose en son temps. Je dois avant tout vous remettre ce qui vous est dû.

Frustrée, Sakura hoche la tête sans rien dire. Elle sait que l'obéissance est une des premières choses que doit apprendre un samouraï.

Le fantôme se tourne alors vers les garçons et pose ses mains sur les leurs.

– Logan-san, Léon-san. En refusant d'abandonner votre camarade et en restant à ses côtés pour l'aider à combattre, vous avez été loyaux. Vous avez su prendre la bonne décision. Je vous offre donc la pierre du *chugi**, symbole de loyauté, et celle du *gi**, symbole de la justesse des samouraïs.

Les anneaux des garçons se mettent à briller. Une pierre jaune et une pierre rouge viennent d'y apparaître.

Trop impressionnés pour lui répondre, les garçons saluent Eiko avec respect.

Le fantôme se retourne alors vers Sakura.

– Sakura-san. En utilisant ton obi comme fronde pour activer le gong et faire venir les soldats, tu as su prendre la bonne décision. Comme tes camarades, tu as fait preuve de justesse et de loyauté. Mais, en allant chercher mon shuriken malgré ta peur du vide, tu as aussi démontré que tu possédais le *yu**, le courage des samouraïs...

Trop honteuse pour le laisser continuer, la jeune fille lui coupe la parole.

– Je ne suis pas courageuse ! Jamais je n'ai eu aussi peur. Si les autres n'avaient pas été là, je serais restée en bas de l'arbre, avoue-t-elle piteusement.

Mais Eiko reprend en souriant :

– Sakura, le courage, ce n'est pas de ne pas avoir peur. C'est d'être capable d'affronter les dangers malgré sa peur.

Le fantôme effleure son anneau. Aussitôt, trois minuscules pierres – une rouge, une jaune et une verte – apparaissent.

– Mes jeunes amis, je dois vous quitter. Partager mon pouvoir a affaibli mon esprit, mais je sais que vous ferez un bon usage des dons que je vous ai offerts.

Léon, Logan et Sakura ont des milliers de questions à poser, mais Eiko les arrête d'un geste.

– Comme je vous l'ai dit, il est trop tôt pour vous en dévoiler plus. Aujourd'hui, vous avez franchi une première étape. Vous avez libéré mon esprit et obtenu certaines des vertus des samouraïs. Mais vous n'êtes qu'au début du chemin. Mon frère Hiro et ma sœur Ako comptent sur vous pour les libérer à leur tour. Soyez patients, un nouvel indice vous parviendra bientôt.

Sur ces derniers mots, le fantôme d'Eiko s'évanouit.

La vie reprend dans le réfectoire comme si rien ne s'était passé.

Léon, Sakura et Logan restent assis quelques secondes sans rien dire… puis se mettent à parler tous en même temps.

– C'est incroyable ! s'exclame Sakura.

– Vous croyez…, dit Logan.

– … qu'on a rêvé ? complète Léon.

Mais un seul coup d'œil aux pierres qui scintillent sur leurs anneaux leur prouve le contraire.

– Et comment on saura où trouver les armes d'Ako et de Hiro ? demande Sakura aux garçons.

Léon hausse les épaules.

– Le fantôme d'Eiko a dit d'attendre le prochain indice. Alors il ne nous reste plus qu'à être patients, soupire le garçon en caressant avec émotion le petit crabe gravé sur son anneau.

– En attendant, on peut toujours s'entraîner pour être prêts à combattre le ninja noir. Parce que, je ne sais pas si vous l'avez observé, mais il est drôlement fort, ajoute Logan en grimaçant.

– Oui, mais nous, on est trois, le rassure Sakura.

– D'ailleurs, il nous faut un nom maintenant qu'on est une équipe, lance Logan.

– Le Club des samouraïs ? propose Léon.

Sakura sourit.

– On n'est pas encore des samouraïs, je te rappelle…

– Et puis, ça fait un peu Club des 5, ajoute Logan en grimaçant. Non, moi je propose les S Men ! ça c'est trop la classe.

– Ben voyons, soupire Sakura en levant les yeux au ciel. Les S Men, comme si on était trois garçons… et moi alors ? Je compte pour du beurre ?

– Et puis, t'as un peu copié sur les X Men, c'est pas top, ajoute Léon.

Quand maître Saburo et Tomoe Kamara entrent dans le réfectoire, les trois amis sont en pleine conversation. Concentrés sur le choix d'un nom pour leur équipe, ils ne remarquent pas le regard que se jettent le sensei et son assistante en les découvrant.

Étrangement, les deux adultes n'ont pas l'air surpris de les trouver si complices.

Quand maître Saburo s'approche de leur table, les jeunes stagiaires se lèvent pour le saluer avec respect.

– Bien. Comment s'est passée cette matinée de méditation ? L'esprit du clan Minamoto vous a-t-il inspirés ?

– Oui, sensei ! s'exclament-ils en chœur.

– Et on va travailler dur ! ajoute Logan.

– Même qu'on commence quand vous voulez, renchérit Sakura.

– Oui… Enfin, avant, on va peut-être déjeuner, parce que j'ai faim, moi, conclut Léon sous les rires de ses amis.

Il est tard.

Tous les stagiaires, fatigués par leur première journée, dorment profondément.

Néanmoins, au premier étage, une ombre glisse silencieusement dans les couloirs déserts et s'arrête devant la salle d'exposition du dojo.

Quand l'ombre en franchit la porte, un rayon de lune l'éclaire furtivement.

C'est un ninja masqué et entièrement vêtu de noir. Autour de son annulaire brille un anneau d'or qu'aucune pierre ne décore.

La salle d'exposition du dojo, sombre, n'est éclairée que par les reflets de la lune. Mais le visiteur nocturne n'a pas besoin d'allumer. Il est déjà venu dans cette pièce et sait où aller.

Cela fait des siècles que sa famille recherche les anneaux magiques du clan Minamoto pour les détruire.

Aujourd'hui, le ninja a échoué. Les anneaux ont retrouvé des propriétaires et l'esprit d'Eiko a été libéré. Mais il aimerait comprendre.

Silencieusement, le ninja se dirige vers la boîte de laque noire. Il l'ouvre, la retourne et sursaute en découvrant la mince fissure dans son double fond.

– Ainsi, tout ce temps, les anneaux étaient là !

Prise d'une rage soudaine, l'ombre serre ses mains autour de la boîte, qui se fracasse dans un craquement de bois.

– Ils ont peut-être gagné une bataille, mais la guerre ne fait que commencer. La prochaine fois, je serai prêt, murmure le ninja en reposant les morceaux de la boîte brisée sur son support.

PARTIE 2

1
Une mère un peu collante

Dans la cour déserte du dojo, le jour commence à peine à se lever. Il est cinq heures du matin et tout le monde dort encore.

Tout le monde ? Non.

En bas de l'escalier conduisant au dortoir des filles, Logan, en jean déchiré et tee-shirt de skateur, a déjà le nez collé sur son smartphone.

Il est en train de lire la page Wikipédia consacrée à son ancêtre : William Adams, le premier Occidental devenu samouraï.

Depuis que le jeune karatéka a découvert l'anneau dragon de Hiro Minamoto, il passe son temps sur le Net pour mieux connaître l'histoire des samouraïs. Il aimerait bien en savoir autant que Sakura sur le sujet. Mais comme les téléphones sont interdits dans le dojo, il reste discret.

S'il s'est levé avant l'aube, c'est qu'hier soir Léon, Sakura et lui ont décidé d'aller fouiller discrètement la salle d'exposition du dojo. Ils pensent que d'autres indices, comme les anneaux et l'origami, sont dissimulés dans la collection de maître Saburo.

Les trois amis prennent la mission que leur a confiée Eiko très au sérieux.

Sauf que, là, le portable de Logan lui indique qu'il est cinq heures dix et Sakura n'est toujours pas là.

– Bon sang, mais qu'est-ce qu'elle fabrique ? s'énerve Logan en regardant l'escalier désespérément vide.

– Tant pis pour elle...

Le garçon va tourner les talons pour rejoindre Léon au vestiaire, quand son téléphone se met à vibrer.

– Zut, pas elle, grogne-t-il en découvrant le nom qui s'affiche.

Si le garçon a toujours son téléphone à portée de main ce n'est pas seulement pour frimer et faire des selfies ; c'est parce qu'il a promis à sa mère d'être toujours joignable. Autrement, elle ne l'aurait jamais laissé venir au stage.

Le problème, c'est qu'elle l'appelle vingt fois par jour.

– Maman, je t'ai déjà demandé de ne pas m'appeler... si je me fais prendre, je serai viré, chuchote-t-il.

À l'autre bout du fil sa mère se justifie. À une heure aussi matinale, elle croyait qu'il dormait.

– Je voulais te laisser un petit bonjour sur ta messagerie… d'ailleurs, que fais-tu debout ?

Logan grimace. S'il ne veut pas la voir débarquer, il a intérêt à trouver une excuse plausible.

– J'avais envie de faire pipi… mais là je vais me rendormir, répond-il en bâillant ostensiblement.

– Tu es certain que tu vas bien ? Tu ne t'es pas blessé j'espère ? Parce que si tu veux, je peux venir te chercher, insiste Mme Van Mersac.

Au départ Logan a accepté l'invitation de maître Saburo pour être tranquille. Depuis le divorce de ses parents, sa mère est sans arrêt sur lui et il commence à étouffer.

Mais maintenant qu'il a une mission, il a une raison de plus pour rester et il est hors de question qu'il reparte.

– Qu'est-ce que tu t'imagines ! Maître Saburo est un grand champion, on est super bien encadrés et il n'y a aucun risque qu'on se blesse pendant les entraînements.

Le garçon croise les doigts.

Si sa mère savait qu'il y a deux jours, il a failli se faire embrocher par la flèche d'un ninja, qu'il a chuté d'un cerisier de quinze mètres et qu'il a hâte de repartir en mission, il est certain qu'elle débarquerait illico pour le ramener à la maison.

– Salut !

Logan se retourne brusquement.

Sakura a enfilé des leggins noirs et un sweat à l'effigie d'un manga. À son annulaire droit brille toujours l'anneau d'or décoré de fleurs de cerisier.

Gêné qu'elle le découvre au téléphone avec sa mère, le garçon balbutie un « au revoir » et raccroche précipitamment.

– T'es en retard, Sac-à-rats !

La jeune fille sursaute.

– Logan ! Tu avais promis de ne plus m'appeler « Sac à rats » !

– Et toi tu avais promis d'être à l'heure ! lui rétorque-t-il du tac au tac. Je te signale que Léon a accepté de se passer de petit-déjeuner et nous attend dans les vestiaires !

Connaissant l'obsession de leur copain pour la nourriture, l'argument est de taille.

Sakura grimace. La ponctualité, c'est son point faible et elle le sait.

– Excuse-moi, Logan, mais...

Le garçon ne lui laisse pas finir sa phrase. Il pose un doigt sur ses lèvres et la force à s'accroupir.

À quelques mètres d'eux, une silhouette traverse la cour silencieusement.

– C’est Tomoe Kamara. Qu’est-ce qu’elle fait là à cette heure ? murmure Sakura en reconnaissant l’assistante de maître Saburo.

Logan suit la jeune femme du regard.

– Regarde, elle va de l’autre côté des bâtiments, vers les appartements privés de maître Saburo.

– À cinq heures du matin ? C’est étrange.

– Si ça se trouve… maître Saburo et elle… tu vois ce que je veux dire, rigole tout doucement Logan en faisant des bruits de baisers avec la bouche.

– Beurk ! T’es dégoûtant !

– Oh ça va, pas la peine de faire ta chochotte… de toute manière, Tomoe a disparu, on peut y aller.

Deux minutes leur suffisent pour atteindre l’entrée des vestiaires où Léon les attend.

Contrairement à ses amis, le jeune judoka a déjà enfilé son kimono blanc serré à la taille par une ceinture verte. Il saute d’un pied sur l’autre et a l’air surexcité.

Dès qu’il les aperçoit, il se précipite sur eux en bafouillant :

– Regardez ce que j’ai trouvé dans mon casier ! Je suis certain que c’est un indice !

Mais Sakura et Logan le regardent sans comprendre, car ce que leur ami agite sous leurs yeux c’est… un emballage vide de barre chocolatée !

2
Des « trucs de fille »

– Heuuuu… c'est quoi ça ? demande Logan un peu surpris.

– Mais ! C'est un origami ! Vous ne voyez pas ?

– Non, justement, on ne voit pas, renchérit Sakura.

Léon regarde sa main, rougit… et se précipite vers son casier.

Derrière la porte de métal s'accumulent des monceaux de victuailles. Léon, fébrile, farfouille dans les paquets de chips et de bonbons avant de se retourner.

– La corbeille ! s'exclame-t-il en se frappant le front.

Sous les yeux ahuris de ses amis, le garçon plonge dans la poubelle.

– Zut ! Quel idiot ! J'ai dû me tromper tout à l'heure. En même temps, comme vous étiez en retard, j'en ai profité pour reprendre des forces et…

le voilà ! s'exclame-t-il en brandissant triomphalement un papier blanc.

– Dites-moi que je rêve..., s'étrangle Logan. Tu as balancé un indice !

Sakura s'empare du papier en fronçant le nez.

L'origami, plié en forme d'éventail, est très mal en point. Froissé, plein de chocolat, il est complètement détrempé.

– Non mais tu as vu dans quel état tu l'as mis ! On ne va jamais pouvoir le déplier ! s'énerve Logan en lui faisant les gros yeux.

– Je suis désolé, murmure piteusement le judoka.

– T'inquiète pas, Léon, il y a un sèche-cheveux dans le vestiaire des filles. Dès que le papier sera bien sec, on pourra l'ouvrir sans le déchirer, le rassure Sakura.

Sans attendre, elle se dirige vers la porte ornée d'une silhouette féminine.

Logan et Léon la regardent partir sans bouger.

– Heuuu... Sakura, on fait quoi, nous ? lance Logan. Parce que, le vestiaire des filles, c'est pour les filles, et que nous...

– ... on est des garçons, complète Léon avec beaucoup de bon sens.

Sakura, qui a déjà poussé la porte, se retourne en soupirant.

– Et ? Vous avez peur de quoi ? De vous faire attaquer par une culotte ? C'est juste un vestiaire, je vous signale. En plus, à cette heure-là, il est vide... mais si vous avez la trouille vous n'avez qu'à m'attendre dehors, ajoute-t-elle en les plantant dans le couloir.

Vexé, Logan redresse le torse.

– Moi, peur ? Viens, Léon, on la suit, se décide-t-il tout à coup.

Le jeune karatéka attrape le bras de son ami et s'avance résolument vers la porte par laquelle a disparu Sakura. Il respire un grand coup, appuie sur la poignée et pousse le battant.

Devant lui, il y a deux rangées de casiers métalliques, des bancs, des douches et des lavabos.

– C'est le même que nous, constate Léon.

Sakura, qui s'apprête à allumer le sèche-cheveux, lève les yeux au ciel.

– Évidemment ! Tu croyais quoi ? Qu'il était peint en rose, avec des portraits de princesses sur les murs ?

Léon et Logan se regardent en grimaçant. Ils ne l'avoueront pas, mais Sakura a raison : ils n'auraient jamais pensé que les filles avaient le même vestiaire qu'eux.

La jeune kendoka passe doucement le souffle chaud du sèche-cheveux sur le papier humide.

– Dites, les garçons, à votre avis, il est arrivé là comment cet origami ?

– Il devait être offert dans un paquet de céréales, ou dans un œuf en chocolat, plaisante Logan en farfouillant dans les réserves de son ami.

Léon pose un regard noir sur le jeune karatéka.

– Hé ! Enlève tes sales pattes de mon sac ! Ce n'est pas de ma faute si j'ai toujours faim... c'est juste parce que je suis très sportif et que je dépense beaucoup de calories !

– Rhô, c'est bon, nous aussi on est des sportifs, alors tu pourrais partager, grogne Logan en enfournant ostensiblement deux crocodiles en gélatine.

– De toute manière, ajoute Léon en éloignant Logan de ses réserves, à part un fantôme, je ne vois pas qui aurait pu déposer cet origami vu que mon casier était fermé à clé quand je suis arrivé.

– Ce serait donc le fantôme d'Eiko ? se demande Sakura, peu convaincue.

– Moi je suis certain que c'est un message de la sœur d'Eiko, ajoute Logan.

– Et pourquoi donc ? lui demande Sakura.

– Ben c'est logique, un éventail c'est pas une arme, c'est un truc de fille, donc c'est forcément Ako qui nous l'envoie.

Sakura soupire.

– Tu dis n'importe quoi, Logan. La dernière fois, l'origami représentait un shuriken, l'arme d'Eiko. Du coup, ce serait logique que cet origami représente une arme. Ce doit donc être un tessen*...

– Un QUOI ? s'écrient les garçons en même temps.

– Un tessen, un éventail de guerre. Il était porté par les samouraïs quand aucune arme n'était autorisée… D'ailleurs ça me fait penser que j'en ai vu un l'autre jour dans la collection de maître Saburo.

– Les types se baladaient avec un éventail ? s'exclame Léon.

Sakura lève les yeux au ciel. Le tessen est tout sauf un accessoire de mode ! La jeune fille le sait, car elle a eu la chance de suivre un cours sur ce thème quand elle était en vacances à Kyoto l'année dernière.

– Un tessen est un éventail de guerre en acier dont les lames sont très tranchantes, explique-t-elle. Il servait à se défendre et pouvait être une arme redoutable. D'ailleurs, le grand sensei Yoshida Kotaro ne quittait jamais le sien.

Logan ricane :

– N'empêche, ton éventail n'a aucune chance face à ma technique suprême au karaté, dit-il en commençant à tournoyer dans le vestiaire. Karaté signifie « main vide ». C'est l'arme suprême de ceux qui combattent sans armes.

– Tu paries ? le provoque Sakura en empoignant le premier objet à sa disposition.

C'est au tour de Léon de rigoler :

– Sakura, t'es armée d'une brosse à cheveux.

– Je sais bien mais elle fait à peu près la même taille qu'un tessen replié, donc ça devrait fonctionner pareil, lui répond la jeune kendoka.

Et elle se met en garde face à Logan.

Léon n'en revient pas. Sakura fait au moins vingt centimètres et dix kilos de moins que son adversaire. Ça va être un massacre.

– Tu crois vraiment que tu vas me battre avec ce truc ? rigole Logan.

Sakura, agacée de ne pas être prise au sérieux, l'attaque sans attendre. Détendant son bras droit d'un coup sec, elle lui enfonce la brosse à cheveux dans l'estomac.

Le souffle coupé, Logan se plie en deux. Sakura en profite pour le saisir par l'épaule, le faire pivoter sur son dos et le projeter au sol.

– Je vous présente le *tessen-jutsu* ou l'art du combat à l'éventail. D'abord on frappe, c'est le *maïté-tsuki*, puis projection dos à dos par l'épaule, c'est le *kokyu-nage*... Vous voyez, c'est drôlement efficace, conclut la jeune fille avec un petit sourire satisfait.

Si Léon hoche la tête avec admiration, Logan, rouge comme une tomate, ne sait pas comment réagir. Il vient de se faire mettre au tapis par une fille. Une fille plus petite que lui, et armée d'une brosse à cheveux.

– Tu m'as pris par surprise, grogne-t-il en se relevant. Autrement, c'est sûr, ça ne se serait pas passé comme ça...

– Tu veux une revanche ? lui propose Sakura.

Logan n'a pas le temps de lui répondre.

– Chuttt ! Écoutez ! murmure Léon. Quelqu'un se dirige vers les vestiaires.

Les amis tendent l'oreille. Des pas résonnent dans le couloir.

– Zut, on n'aurait pas dû allumer, remarque Sakura en montrant la porte du vestiaire. Avec l'espace qu'il y a entre le bas de la porte est le sol, ça doit illuminer tout le couloir.

– Ça se rapproche de plus en plus. Cachons-nous ! lance Logan.

Le garçon se précipite dans une cabine de douche. Malheureusement, le rideau ne descend pas jusqu'au sol.

– Sors de là, on voit tes pieds, grimace Léon.

– Qu'est-ce qu'on fait ? demande Logan. On éteint ?

Léon l'arrête.

– Surtout pas ! Mieux vaut laisser croire que quelqu'un a oublié d'éteindre hier soir !

Sakura leur montre une petite porte au fond du vestiaire.

– Passons par le dojo. L'escalier qui mène à l'étage est juste de l'autre côté de la salle de méditation, chuchote-t-elle en attrapant l'origami.

Léon, qui est le plus près, entrebâille la porte.

– Il n'y a personne, c'est bon, on y va.

3
Danse avec les stars

La sortie arrière du vestiaire donne sur la grande salle d'entraînement du dojo. Les lueurs de l'aube l'éclairent comme en plein jour. Le plus silencieusement possible, les trois amis longent le mur opposé à la cour.

Celui-ci est décoré de photos de compétitions dans différents arts martiaux : du judo, du karaté, du kendo ou du ju-jitsu*.

Sur chacune d'elles, maître Saburo est au premier plan.

En les examinant, Logan ne peut s'empêcher de songer à quel point leur sensei est extraordinaire. À côté de lui, il se sent tout petit.

– Dites, vous ne croyez pas que les samouraïs auraient mieux fait de choisir maître Saburo et son assistante pour les aider… À côté d'eux, on est nuls, murmure-t-il.

– Le message disait qu'il fallait être trois, et être des apprentis... Maître Saburo et Tomoe Kamara ne sont que deux. Et puis ils sont trop vieux, le rassure Léon.

Logan n'est pas vraiment convaincu mais décide de garder ses doutes pour lui. De toute manière, ils sont arrivés à la salle de méditation.

Sakura tourne la poignée.

– Ouf, elle n'est pas fermée à clé.

Après avoir laissé passer les garçons, la jeune fille s'engouffre dans la pièce et elle referme la porte.

Cette fois-ci, ils ne font pas l'erreur d'allumer. De toute manière, c'est inutile, avec les grandes baies vitrées, le jour qui se lève leur offre suffisamment de luminosité.

Ils sont dans la salle réservée aux cours de yoga et de méditation.

C'est le cours préféré de Sakura, mais ce n'est pas le cas de ses amis : Logan car il n'arrive pas à rester assis sans rien faire, et Léon parce qu'il a du mal à se concentrer avec l'estomac qui gargouille.

Mesurant à peine huit mètres sur six, la pièce est recouverte de tatamis traditionnels en paille de riz et un petit autel est dressé contre le mur gauche. Le mur de droite est décoré par des estampes japonaises et de vieilles photos en noir et blanc.

Mais le plus intéressant pour eux se trouve juste en

face. C'est une baie vitrée donnant directement sur la cour... et sur l'escalier menant à l'étage.

Logan va l'ouvrir quand Léon le retient.

– Attends, il y a quelqu'un dehors !

Entre les grands arbres de la cour, une silhouette se découpe dans les lueurs de l'aube.

Habillée d'un kimono aux larges manches, enchaînant de lents mouvements circulaires, levant alternativement les bras et les jambes, elle semble danser.

– Zut ! C'est maître Saburo, constate Sakura.

– Mais qu'est-ce qu'il fabrique ? Il s'entraîne pour « Danse avec les stars » ? ricane Logan.

– Mais non, patate, il fait du tai-chi*, lui répond Léon. C'est une gymnastique chinoise. Je connais bien, j'en fais souvent avec mon père.

– Ça dure longtemps ? N'oubliez pas qu'il y a quelqu'un qui rôde dans les couloirs...

– On fait quoi ? s'inquiète Sakura.

Comme Léon hausse les épaules, Logan décide de prendre les choses en main.

– Sakura, va voir s'il y a quelqu'un dans le dojo.

Sans discuter, la jeune fille hoche la tête. Elle entrebâille la porte.

– Personne...

Logan se retourne vers Léon.

– Ce tai-chi, ça dure longtemps ?

Le jeune judoka observe maître Saburo. Il reconnaît le mouvement du singe blanc qui offre des fruits, celui de l'éclair dans le dos, le double lotus...

Un sourire se dessine sur son visage.

– On a de la chance, c'est un des enchaînements préférés de mon père. Si je ne me trompe pas, il sera terminé dans deux minutes.

– OK, alors profitons-en pour voir s'il y a quelque chose sur cet origami.

Laissant la porte entrouverte pour garder un œil sur le dojo, Sakura s'agenouille sur le sol et commence à déplier méticuleusement l'éventail de papier.

– Vous croyez vraiment que c'est le fantôme d'Eiko qui l'a déposé dans le casier de Léon ? s'interroge à nouveau Logan.

– Qui d'autre ? Je te rappelle qu'ils sont fermés à clé !

– Mais j'y pense ! s'exclame Sakura. Hier soir, une fille avait perdu sa clé et Tomoe Kamara est venue lui ouvrir son casier avec un passe. Vous croyez que ça pourrait être elle ?

Léon secoue la tête.

– Elle ou maître Saburo... Si Tomoe possède un passe, il en a certainement un lui aussi.

Logan hausse les sourcils. L'idée que maître Saburo ou son assistante s'amusent à glisser des origamis dans les casiers lui semble ridicule.

– Aucun d'entre vous n'a parlé de ce qui nous est arrivé l'autre jour, j'espère ? s'écrie tout à coup Sakura en jetant un regard soupçonneux aux garçons.

Il y a deux jours, quand ils ont découvert les anneaux, ils ont juré de garder le secret sur leur mission. Sakura n'a rien dit. Mais avec ceux-là, elle n'est sûre de rien.

Mais ses amis clament aussitôt leur innocence.

– De toute façon, personne ne nous aurait crus ! justifie Léon.

– T'imagines la tête de maître Saburo si on lui avait dit qu'on avait parlé avec le fantôme d'un samouraï..., ajoute Logan en grimaçant.

– T'imagines le choc... surtout que les samouraïs c'est sa passion... il n'y a qu'à regarder les peintures autour de nous, ajoute Léon en montrant tous les tableaux du doigt.

Sakura ne peut s'empêcher de le reprendre :

– Ce ne sont pas des peintures, ce sont des estampes.

Léon et Logan échangent un regard complice. Ils détestent quand leur amie joue les madame-je-sais-tout.

Laissant Sakura finir de déplier l'origami et Léon surveiller maître Saburo, Logan fait le tour de la pièce. Sous chaque tableau, une notice détaille la biographie des personnages représentés.

– C’étaient pas des rigolos les samouraïs, il n’y en a pas un seul qui sourit, constate le garçon en avançant vers le petit autel.

Sous les doigts fins de Sakura, l’éventail est enfin déplié.

– Voilà, dit-elle en lissant le carré de papier du plat de la main.

– Et il y a écrit quoi ? demande Léon.

La jeune fille fronce les sourcils, tourne et retourne le papier :

– Je ne comprends pas. Il n’y a rien du tout...

4
Un dangereux éventail

– Rien ? Comment ça « rien » ! C'est impossible ! s'exclame Léon.

Pour lui prouver qu'elle ne dit pas de bêtises, Sakura lui tend le papier.

Le jeune judoka le tourne, le retourne et grimace en constatant qu'elle dit la vérité.

– Logan, tu y comprends quelque chose ? Logan ?

Fasciné par une estampe placée à gauche de l'autel, son ami ne lui répond pas. Il a l'impression que le visage de ce samouraï lui rappelle quelqu'un… mais qui ?

– Logan ! Qu'est-ce que tu fabriques ! crie Léon. Ce n'est pas le moment de rêver.

Sans se préoccuper de lui, Logan se penche pour lire la notice de l'œuvre d'art insérée dans un petit cadre en plastique. Il espère y lire le nom du samouraï, mais rien.

Le petit cadre de plastique est bien collé sous l'estampe, mais l'étiquette a disparu.

– Logan ? Ça va ? finit par s'inquiéter Sakura.

Le garçon secoue la tête. Il s'apprête à lui montrer le samouraï, à partager ses doutes avec elle, mais il est devancé par Léon.

– Maître Saburo a terminé. Filons d'ici pendant qu'il nous tourne le dos !

– Oui, et vite… parce que je crois que quelqu'un vient d'entrer dans le dojo, ajoute Sakura en bondissant sur ses pieds.

Dépité, Logan jette un dernier coup d'œil au portrait du samouraï en se promettant de revenir plus tard éclaircir ce mystère.

Le plus silencieusement possible, ils se faufilent dans l'escalier et rejoignent la salle d'exposition.

Quand ils referment enfin la porte derrière eux, ils poussent un soupir de soulagement.

– C'était moins une ! s'exclame Sakura.

– Ouais… c'était bien la peine de se passer de petit-déj, grommelle Léon.

– Bon, on commence par quoi ? C'est grand ici, soupire-t-il.

Les trois amis observent la salle. Léon a raison : ils ne pourront jamais tout fouiller. Il faut qu'ils définissent des priorités.

Pendant quelques minutes, on n'entend plus que les gargouillements de l'estomac de l'insatiable judoka. Puis Logan prend la parole :

– Sakura, tu ne nous as pas dit que tu avais vu un tessen dans cette salle ? Si ça se trouve, le vrai message des samouraïs est dedans.

La jeune kendoka ouvre de grands yeux et regarde son camarade avec admiration.

– T'es un génie ! J'aurais dû y penser plus tôt ! Regardez, le tessen est dans cette vitrine, dit-elle en se précipitant dans un angle de la pièce.

Derrière la vitre, les garçons aperçoivent un rectangle épais, d'environ trente centimètres de long sur trois de large. En métal, celui-ci se termine par un cordon épais refermé en dragonne.

– Heuuuu... C'est pas un éventail, ce truc ! constate Léon.

Sakura sourit.

– Il est fermé, idiot... Regardez.

Sans hésiter Sakura ouvre la vitrine, attrape l'étrange objet et le déplie.

C'est bien un éventail. Sur son tissu rouge sang, un dragon noir a été finement brodé. Sakura commence à s'éventer et marche dans la pièce.

– Tu te crois à un défilé de mode ? ricane Logan.

– Ouais... collection Samouraï automne-hiver, ajoute Léon en se dandinant derrière Sakura.

– Mais ce que vous pouvez être bêtes. Je ne défile pas, je vous fais une démo. Regardez, comme ça, on dirait que je ne suis pas armée, mais si je suis attaquée…

Joignant le geste à la parole, Sakura retourne brusquement l'éventail et détend son bras droit.

Un éclair argenté file dans les airs. Léon a juste le temps de sentir un souffle dans ses cheveux avant d'entendre le bruit caractéristique d'une pointe de métal se fichant dans du bois.

Dans la porte qu'ils viennent de refermer, une fine lame d'acier oscille doucement.

– Mais t'es complètement dingue ! couine-t-il en vérifiant qu'il n'a pas été blessé.

– Oups ! Désolée, Léon…

C'est au tour de Logan de regarder Sakura avec admiration.

– Waouh ! Comment t'as fait ça ?

La jeune fille retourne l'éventail. De l'autre côté du tissu, il y a cinq lames de métal.

– Elles servent de baleines au tessen, mais on peut les enlever et s'en servir en cas de besoin.

– Et tu crois que c'est l'arme qu'on recherche ? demande Logan en retirant la lame de la porte pour la rendre à Sakura.

La jeune fille secoue la tête.

– Ça m'étonnerait… y a écrit « *made in Japan* » sur le manche. Cet objet est trop récent pour avoir appartenu à Ako ou à Hiro.

– Hé ! Regardez cette peinture, s'exclame tout à coup Léon.

Au-dessus de la vitrine qui contenait l'éventail, une estampe représente une scène de bataille. Un samouraï en tenue de combat esquive des flèches tandis qu'à ses pieds, un jeune homme tient un tessen décoré d'un dragon. Exactement le même que celui que Sakura a dans la main.

– « Toyotomi Minamoto et son fils Hiro pendant la bataille de Shiroyama », lit Logan sur la notice.

– Donc, nous cherchons l'arme de Hiro, en conclut Léon.

– Et cet éventail n'appartenait pas à une fille, ajoute malicieusement Sakura. Tenez, si vous voulez l'essayer, dit-elle en le tendant aux garçons.

Léon et Logan avancent la main en même temps. Leurs doigts frôlent ceux de Sakura.

Leurs anneaux se mettent à étinceler. Aussitôt une lumière éblouissante les oblige à fermer les yeux…

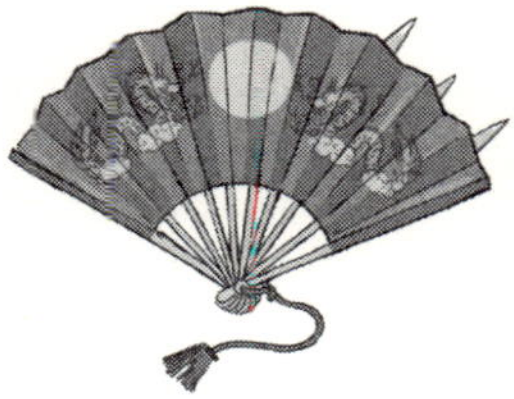

5
Wikisakura

Quand Logan relève ses paupières, ils ne sont plus dans la salle d'exposition. Comme la dernière fois, leurs habits ont disparu et ils portent tous des vêtements de soie brodés. Ceux-ci sont plus élégants que lors de leur premier voyage… mais aussi beaucoup plus lourds.

Déséquilibrée, Sakura bascule en avant. Heureusement pour elle, Logan a de bons réflexes. Avant qu'elle ne s'écrase au sol, le karatéka l'attrape par le bras et la redresse.

– Heuuuuu… c'est toi qui as grandi ou c'est moi qui ai rétréci ? lui demande-t-il un peu inquiet en découvrant que son amie fait maintenant presque la même taille que lui.

La jeune fille soulève sa longue jupe en riant.

– T'inquiète, t'as pas perdu un seul centimètre… c'est moi qui ai pris de la hauteur.

Effectivement, Sakura est perchée sur de hautes semelles de bois.

– La vache ! Elles sont drôlement bizarres tes tongs ! s'exclame Léon en rigolant.

Fidèle à son agaçante habitude, Sakura ne peut pas s'empêcher de le reprendre.

– Ce ne sont pas des tongs. Ce sont des *geta**, des chaussures japonaises traditionnelles. J'en mets chez mes grands-parents... mais je n'en ai jamais vu d'aussi hautes.

Sans hésiter, Sakura s'en débarrasse d'un coup de talon. Au grand soulagement de Logan, elle perd aussitôt quinze centimètres.

– Je préfère marcher en chaussettes. De toute manière, mon kimono est tellement long que personne ne le remarquera.

Regardant les pieds des garçons, elle grommelle :

– Vous avez de la chance, vous êtes en *zori**, c'est tout de même plus pratique.

– En quoi ? s'exclament Léon et Logan.

– En *zori*... en tongs si vous préférez, soupire Sakura en désignant leurs sandales à semelles de paille.

– Ouais, c'est sûr, c'est plus pratique. Surtout si on doit marcher longtemps, grimace Léon en observant les alentours. D'ailleurs, je ne reconnais pas le jardin de la dernière fois... On est où ?

Ils sont dans un bois, au pied d'un grand portail rouge. Derrière eux, il y a un immense escalier bordé de lanternes de pierres qui mène à des bâtiments dont ils n'aperçoivent que les toits pagodes.

– On doit être à l'extérieur d'un sanctuaire, avance Logan.

– Comment tu sais ça, toi ? s'étonne Léon.

– Ben, y a pas besoin d'être Wikisakura pour savoir des choses sur le Japon, lui répond Logan un peu vexé.

– Merci pour ce nouveau surnom, sympa, le reprend Sakura. Et du coup, explique-nous, y a quoi là-haut, Wikilogan ?

Le garçon hausse les épaules. S'il a reconnu l'entrée d'un sanctuaire, c'est grâce aux films d'arts martiaux qu'il regarde depuis des années… mais ses connaissances sur le sujet s'arrêtent là.

Bras croisés, Logan et Sakura se toisent en silence.

– Heuu… vous êtes sur pause ? leur demande Léon. Non, parce qu'on a pas tout notre temps je vous signale.

– Nous sommes à l'entrée d'un sanctuaire shintoïste*, finit par dire Sakura.

– Un QUOI ? s'exclament les garçons en ouvrant des yeux ronds.

– Un sanctuaire shintoïste. C'est un bâtiment religieux… un peu comme une église pour les chrétiens, une mosquée pour les musulmans, ou une synagogue pour les juifs, précise Sakura.

– Et ils croient en quoi les shintoïstes ? lui demande Léon.

– Ils croient aux kamis. Ce sont des esprits qu'on peut trouver dans la nature, ou qui sont l'âme des morts... d'ailleurs, maintenant que j'y pense, Eiko, ça doit être un kami.

– Et ça change quoi qu'il soit un kami au lieu d'un fantôme ? s'inquiète le jeune judoka.

– Ben... rien en fait.

Logan soupire. Si cette conversation doit juste servir à Sakura pour étaler sa science, autant qu'elle se taise. L'urgence, c'est de trouver l'arme de Hiro, et de vite partir d'ici. Sauf qu'à la différence de la dernière fois, ils n'ont aucun message pour les guider.

– Sakura, reste concentrée, on n'est pas à « Questions pour un champion ». Les anneaux ne nous ont pas amenés devant ce sanctuaire par hasard, le tessen y est forcément caché, c'est ça le plus important, la reprend Logan.

– Tu as raison, reconnaît la jeune fille. Sauf que les armes sont interdites dans les sanctuaires. Du coup, je ne vois pas bien où chercher.

– Vous entendez ? leur demande tout à coup Léon. De la musique. Ça vient de là-haut.

Tendant l'oreille, Logan perçoit effectivement des sons : il reconnaît des tambours et une flûte. Mais l'ensemble est si désagréable qu'il grimace.

– C'est quoi ce bruit atroce ? Je n'ai rien entendu d'aussi mauvais depuis les dernières auditions de « The Voice ».

– C'est une représentation de nô. Il doit y avoir une troupe de théâtre dans la cour du sanctuaire ! s'exclame Sakura tout excitée.

– Ouais, ben moi, le théâtre j'y suis allé avec l'école et j'ai pas aimé, grogne Léon.

– Pourquoi ? La pièce était nulle ? lui demande Logan.

– Non... mais il n'y avait pas de pop-corn. Dis, Sakura, il n'y aurait pas des trucs à grignoter dans ton sanctuaire, par hasard ? Parce que je commence à avoir faim, moi.

Sakura est sur le point de répondre quand un flash de lumière illumine les lieux.

À quelques centaines de mètres en contrebas, le ninja noir vient d'apparaître.

Pour l'instant, il leur tourne le dos. Mais dès qu'il se retournera Logan ne doute pas une seconde qu'ils seront repérés.

– Ce n'est pas le moment de penser à ton ventre, Léon. Faut filer d'ici, et vite !

6
Un hurlement titanesque

Sakura, Léon et Logan franchissent le portail rouge et s'élancent dans l'escalier de pierre.

Si les garçons en hakamas grimpent les marches deux par deux, Sakura, elle, est à la traîne. Entre le poids de son kimono de cérémonie et l'étroitesse de sa jupe, elle n'avance pas aussi vite.

– Et après on se demande pourquoi il y a aussi peu de filles guerrières, maugrée la jeune kendoka.

Devant elle, les garçons semblent voler. Ils sont presque arrivés en haut des escaliers et elle n'en est qu'à la moitié. Sans ses hautes chaussures, sa jupe est beaucoup trop longue. Elle est obligée de la soulever pour ne pas s'entraver. Également gênée par le tessen pendant à son poignet gauche, Sakura finit par trébucher.

– Saleté de kimono, rage la jeune fille en jetant un coup d'œil derrière elle.

Sur le chemin de terre, une ombre noire court en souples foulées. Le ninja les a repérés. Quand Sakura le découvre, il est à moins de cent mètres du portail rouge. Elle manque de s'étrangler.

« Il faut absolument que je me débarrasse de ce truc », pense-t-elle en se remettant debout.

Fébrile, la jeune fille se tortille pour dénouer son obi. Mais la ceinture de soie est si serrée que ses doigts ne trouvent aucune prise.

Quand Sakura voit le ninja poser le pied sur la première marche, elle abandonne l'idée de se déshabiller. Paniquée, elle se retourne pour gravir l'escalier, et entre de plein fouet dans Logan qui est redescendu pour l'aider.

– Qu'est-ce que tu fabriques ! Tu ne peux pas aller plus vite ? lui crie-t-il.

Sakura lui montre son kimono.

– J'aimerais bien ! Mais avec ce truc c'est impossible.

Un seul coup d'œil suffit à Logan pour jauger la situation.

– Donne-moi le tessen, vite !

Sans hésiter, le garçon décroche une de ses lames et tranche la large ceinture enserrant la taille de sa camarade. Puis, sans faire attention à ses protestations, il empoigne sa jupe et la fend sur toute la longueur.

– Voilà, maintenant tu vas pouvoir courir...

Logan l'attrape par la main et la tire en avant.

– Léon nous attend en haut. Viens, vite.

Mais Sakura n'a pas l'habitude qu'on décide à sa place.

– On est deux contre un, alors affrontons le ninja. Ça le retardera et Léon aura peut-être le temps de trouver le tessen de Hiro.

Logan réfléchit. D'habitude, il ne dit jamais non à un combat. Mais là, il est certain que Sakura a tort.

Le jeune karatéka se souvient trop bien de la manière dont leur adversaire s'est battu la dernière fois qu'ils l'ont croisé. Dans la cour du château, il ne lui avait pas fallu longtemps pour se débarrasser des gardes alors qu'ils étaient pourtant des combattants aguerris.

– Laisse tomber, Sakura. Même à deux, je doute qu'on fasse le poids. Mieux vaut fuir et aller retrouver Léon dans le sanctuaire.

– T'es qu'un trouillard !

Survoltée, la kendoka lui arrache le tessen des mains et se met à l'agiter au-dessus de sa tête.

– Alors, le ninja, tu fais moins le malin sans ton arc ! Viens te battre si tu l'oses !

Logan déglutit.

– Heuu… Sakura, je ne suis pas certain que…

Un sifflement dans les airs l'empêche d'achever sa phrase.

Cling !

Une étoile d'acier vient de heurter la pierre de l'escalier.

Juste entre leurs pieds.

– Raté ! s'écrie Sakura en tirant la langue.

Leur adversaire s'est arrêté de grimper. Dans sa main tendue vers eux brille un autre shuriken…

– Viens, faut pas rester là, insiste Logan.

Mais sa camarade est plus têtue qu'une mule.

– Je n'ai pas peur de toi ! crie-t-elle au ninja en ramassant l'étoile.

D'un geste sec du poignet, elle renvoie l'arme vers leur ennemi.

Mais un shuriken ne se lance pas comme une lame de tessen. L'étoile passe à plus de trois mètres de leur ennemi et se perd dans la forêt de bambous.

– Heuuu… finalement, je crois que tu as raison, Logan, il vaut mieux qu'on file d'ici, reconnaît enfin la jeune kendoka en reculant d'un pas.

Comme s'il voulait leur dire quelque chose, leur ennemi secoue la tête de droite à gauche. Lentement, il écarte un pan de sa veste. Accrochés au tissu, une dizaine de shurikens sont prêts à être envoyés. Le message est clair : il ne les laissera pas s'enfuir.

– Heuuuu… On fait quoi maintenant ? s'étrangle Sakura.

Le ninja n'est plus qu'à cent mètres. Son masque dissimule entièrement ses traits, mais une mince fente permet à Logan de croiser son regard. Ses yeux noirs lui rappellent quelque chose.

– Sakura, le ninja, il a les mêmes yeux qu'un des samouraïs représentés sur les murs de la salle de méditation.

– Tu es certain ?

– Ben oui, il a les yeux en amande et…

Sakura le coupe brusquement.

– Comme soixante pour cent de la population mondiale, je te signale !

– Mais, je te jure que j'ai déjà vu ce regard.

Sakura grommelle. Le ninja a recommencé à gravir les marches, ce n'est vraiment pas le moment de jouer aux devinettes.

– Logan, il faut trouver une solution… et vite !

Dans cet escalier de pierre large de près de dix mètres, il n'y a aucun moyen de se cacher. S'ils partent en courant, le ninja n'aura aucun mal à les atteindre avec ses shurikens. S'ils restent où ils sont, il ne lui faudra qu'une minute pour les rejoindre. Ils sont piégés.

La situation semble désespérée quand, tout à coup, le jeune karatéka se souvient d'un détail important.

– Sakura, tu as bien dit que les armes étaient interdites dans les sanctuaires ?

La jeune fille ne voit pas où Logan veut en venir. Mais elle hoche la tête.

– Alors, tu penses que les moines réagiront comment s'ils découvrent un ninja dans leur escalier ?

– Jamais des prêtres shintoïstes ne laisseront un ninja franchir l'enceinte sacrée ! Logan, tu es un génie !

– Reste à savoir comment les attirer ici, conclut le garçon.

Sakura sourit.

Elle sait très bien comment attirer l'attention des moines. Dans son cours d'autodéfense, le moniteur leur a bien expliqué qu'en cas d'agression, faire du bruit était primordial.

D'abord, car ça poussait souvent l'agresseur à fuir. Mais, surtout, ça permettait de se libérer de sa peur. Pour les entraîner, leur moniteur leur avait appris à hurler... et Sakura était très forte dans cet exercice.

– Logan, il faut crier !

Sans attendre, la jeune fille inspire profondément... et pousse un hurlement titanesque.

7
Où Logan fait la vaisselle

Sans attendre que des moines apparaissent, le ninja saute dans la forêt entourant l'escalier et disparaît entre les bambous géants.

– C'est bon, Sakura, il est parti. Faut qu'on se tire avant que quelqu'un nous demande ce qu'on fiche ici.

En haut de l'escalier, quelques personnes, attirées par le hurlement de Sakura, jettent déjà des regards curieux dans leur direction.

La jeune fille baisse la tête, s'accroche au bras de Logan et monte quelques marches en boitant.

– Tu t'es fait mal ?

– Mais non, patate, je fais semblant.

Le garçon la regarde sans comprendre.

– Comme ça ils vont penser que je suis tombée… ça explique mon cri et l'état de mon kimono, précise Sakura.

– T'as pas peur qu'ils décident de venir nous aider ?

Sakura secoue la tête.

– Non, surtout pas. Au Japon, on ne se mêle pas des affaires des autres sans y être invité. Ce serait très mal élevé.

Effectivement, le temps qu'ils atteignent le haut de l'escalier, plus personne ne fait attention à eux.

– Bon, maintenant, il faut trouver Léon, dit Logan en regardant autour de lui.

Ils se trouvent devant une construction de bois. Son toit rouge aux bordures recourbées est soutenu par quatre poteaux épais qui encadrent un grand bassin de pierre. De l'eau, crachée par la bouche de plusieurs dragons de bronze, rebondit sur la surface du bassin en émettant une agréable musique. L'ambiance est très calme. Harmonieuse.

Quelques personnes en kimono se promènent lentement sur cette petite esplanade donnant sur la cour principale du sanctuaire. Malheureusement, aucun d'eux n'est Léon.

Au bord du bassin, un homme, immobile, les regarde s'approcher. Reconnaissant son hakama blanc et l'étrange chapeau noir en forme de bonnet, Sakura prévient discrètement Logan.

– C'est un prêtre shinto. Si on veut aller plus loin sans se faire remarquer, il faut pratiquer le rituel.

– Un rituel ? Mais quel rituel ? Il faut marcher sur des braises ou échanger nos sangs ? s'inquiète le garçon.

Sakura lève les yeux au ciel.

– Tu mates trop de films. C'est un simple rituel de purification. Regarde comment fait ce monsieur et essaye de retenir ses gestes.

L'homme que la jeune fille lui désigne du menton est un Japonais en kimono de cérémonie qui se dirige vers le bassin.

Concentré, Logan l'observe.

À l'aide d'une longue louche de bambou, l'homme prélève de l'eau tombant de la gueule d'un dragon. Il se lave la main droite, puis la gauche, et se rince la bouche. Il nettoie ensuite la poignée de sa louche, la repose sur son support et, après avoir salué le prêtre sans prononcer un mot, l'homme en kimono s'éloigne.

– T'as compris ? murmure Sakura.

Logan hoche la tête, et s'avance à son tour vers le bassin.

Un peu fébrile, le jeune karatéka remplit sa louche d'eau, lave sa main droite, la gauche, mouille sa bouche et...

« Zut, il faut faire quoi ensuite ? » se demande-t-il sans oser bouger.

Du coin de l'œil, il regarde Sakura. Celle-ci est en train de laver le manche de sa louche. Vite, Logan l'imite et salue le prêtre en même temps que sa camarade. Puis ils s'éloignent du bassin.

Sakura ne peut s'empêcher de lui faire remarquer son hésitation.

– Bah, tu sais, moi, la vaisselle, plaisante le garçon pour masquer sa gêne.

La jeune kendoka sourit.

La cour du sanctuaire est bondée.

– Il est où Léon ? S'inquiète Sakura.

Avec ses tresses et son visage sombre, si rare dans l'ancien Japon, elle était certaine de repérer facilement leur ami. Mais celui-ci n'est nulle part en vue.

Logan hausse les épaules.

– Aucune idée...

– Tu veux dire que vous n'avez pas convenu d'un lieu de rendez-vous ?

Percevant un reproche dans la voix de Sakura, Logan se justifie :

– Non mais, en même temps, comment j'aurais deviné que c'était si grand !

– C'est malin, on fait quoi maintenant ?

Désemparés, ils observent la cour. Immense, celle-ci est bordée de plusieurs bâtiments d'un ou deux étages perchés en haut de volées de marches.

– Toi qui vas souvent au Japon, tu sais à quoi elles servent ces drôles des maisons ? demande Logan à Sakura.

La jeune fille hoche la tête.

– Ce sont les habitations des kamis, les divinités que les gens viennent prier ici. Mais je ne sais pas lesquelles précisément.

La foule, dense, les oblige à avancer. Sans plus s'occuper des bâtiments, les enfants cherchent à repérer leur ami.

– Si tu sens une odeur de bouffe, suis-la, Léon sera forcément au bout, dit Logan.

– Il est là-bas ! En haut de l'escalier ! s'écrie tout à coup Sakura.

Logan tourne la tête en direction du bâtiment pointé par son amie. Perché sur une plate-forme, se dresse un pavillon de bois. C'est de ses murs que s'échappe l'étrange musique qu'ils entendent depuis tout à l'heure.

Un petit groupe de Japonais est en train d'y pénétrer. Au milieu d'eux, aisément reconnaissable à ses tresses brunes, il y a Léon. Le jeune karatéka a juste le temps de l'apercevoir avant que celui-ci disparaisse à l'intérieur du bâtiment.

– Mais ? Qu'est-ce qu'il fiche ? C'est pas le moment d'aller voir un spectacle, s'indigne Logan.

– À moins qu'il ait une bonne raison..., conclut judicieusement Sakura.

8
Une voix de tonnerre

Sakura et Logan se précipitent vers le pavillon. L'escalier est bondé, mais ils avancent au milieu de la foule sans hésiter.

– *Sumimasen**, *sumimasen*, répète Sakura à chaque fois qu'ils dépassent quelqu'un.

Logan ne la lâche pas d'une semelle. Il ne sait pas ce que veut dire précisément « *sumimasen* », mais, en voyant les gens s'écarter sur le passage de son amie, il comprend que ça doit être une formule de politesse. Il décide de l'imiter.

– *Chou mima zen*, *chou mima zen*, articule le garçon.

Ce n'est pas vraiment la bonne prononciation, mais c'est suffisant pour avancer. À force d'excuses et de courbettes, ils finissent par arriver en haut des marches.

Ils sont sur le seuil d'une grande salle. Le fond est occupé par une scène recouverte d'un toit de style bouddhique.

Cette scène comporte deux parties : à droite un plateau carré, d'un peu plus de cinq mètres de côté, avance au milieu des spectateurs. Sur le côté droit de ce plateau, huit chanteurs sont installés sur un étroit balcon.

Face au public, devant un mur décoré d'un immense pin, quatre musiciens sont assis. L'un joue de la flûte, les autres tapent sur des tambours dont deux sont pourvus de cordes.

À gauche, une longue passerelle mène à un rideau multicolore.

– C'est l'entrée des coulisses, explique Sakura à Logan. Comme les armes sont interdites dans les sanctuaires, le tessen est peut-être caché là-bas.

– Pourquoi ?

– Les acteurs de nô utilisent des éventails dans leurs représentations.

– Tu veux dire, comme accessoire de théâtre ? précise Logan.

– Exactement.

La représentation vient juste de débuter, mais les acteurs ne sont pas encore sur scène. Pour l'instant, les spectateurs, assis sur leurs talons, écoutent les musiciens et les chanteurs avec attention.

– Regarde, Léon est au premier rang, indique Logan à Sakura.

Derrière eux, des murmures agacés s'élèvent.

Inutile de comprendre le japonais pour deviner que leurs bavardages sont mal vus.

Sakura attrape Logan par la main et s'avance dans la salle. Même si elle a conscience que se déplacer ainsi au milieu des spectateurs est très impoli, la jeune fille n'hésite pas.

– *Sumimasen, chou mima zen*..., murmurent Sakura et Logan.

Ils finissent par rejoindre Léon. Les places à côté de lui sont restées libres.

– Vous en avez mis du temps ! se plaint le garçon en grimaçant.

– Pendant que tu te baladais tranquillement, je te signale que, nous, on a dû affronter le ninja noir ! lui rétorque Sakura du tac au tac.

Léon ouvre des yeux ronds.

– Le ninja noir ! Et vous l'avez battu ?

Logan et Sakura se regardent sans répondre. Difficile de lui avouer qu'ils l'ont fait fuir en criant très fort. Astucieusement, Logan change de sujet :

– Tu as trouvé le tessen ?

Léon n'a pas le temps de lui répondre.

Après un dernier martèlement sourd de tambour, le silence s'est abattu sur la salle. Franchissant la tenture multicolore, un acteur fait son entrée.

Vêtu d'un kimono somptueux décoré de flèches, l'homme s'avance sur la passerelle. Il marche si lentement qu'il semble flotter. Sans un regard vers le public, le visage figé, il se positionne au pied d'un des quatre piliers qui encadrent la scène. Puis il commence un long monologue.

– On dirait un samouraï, s'étonne Logan en avisant son chignon traditionnel.

– Chut ! Tais-toi un peu ! ordonne Sakura. J'essaie de comprendre ce qu'il raconte.

La jeune fille écoute l'acteur avec attention. De nombreux mots lui échappent. Mais, heureusement, elle connaît déjà cette histoire car sa grand-mère la lui a souvent racontée.

– Alors ? Il se passe quoi ? insiste Logan.

– C'est une pièce de guerrier. Ce vieux samouraï regrette une de ses actions passées. Un meurtre qu'il aurait commis sans honneur. Normalement, le fantôme de sa victime devrait bientôt apparaître.

Comme pour lui donner raison, un nouveau personnage arrive sur scène. Cet acteur a le visage dissimulé sous un masque. Il est vêtu d'un somptueux kimono aux manches si longues qu'elles traînent par terre.

– Regardez sa ceinture, murmure Léon.

Logan et Sakura écarquillent les yeux. Le manche d'un tessen, identique à celui que tient Sakura, est glissé dans la ceinture de l'acteur.

– Tu crois que c'est l'arme de Hiro ? demande Logan.

Léon hoche doucement la tête.

– J'en suis même certain. Tout à l'heure, quand j'étais sur l'esplanade du sanctuaire, j'ai vu le fantôme d'Eiko.

– Tu en es certain ? s'étonne Sakura.

– Oui, absolument. Mon anneau s'est mis à étinceler. C'est là que je l'ai vu apparaître.

– Et il t'a dit quoi ? l'interroge Logan.

– Rien. Mais il m'a désigné cet homme au milieu de la foule en me faisant signe de le suivre. Ensuite, il a disparu. C'est pour ça que je ne vous ai pas attendus et que je suis ici. Je ne voulais pas le perdre de vue.

– Tu as bien fait. Mais comment on va prendre le tessen ?

– On n'a qu'à attendre la fin de la représentation, suggère Logan.

Mais Sakura secoue la tête.

– Les pièces de nô durent trop longtemps. Avec le ninja qui rôde...

Sur scène, la pièce continue. En voyant s'approcher le fantôme de sa victime, le samouraï saute sur ses pieds. Il tremble de terreur et s'incline profondément devant lui.

Les musiciens font vibrer flûtes et tambours. Les chanteurs émettent des chants déchirants.

Logan et Léon grimacent. À la différence de Sakura, ils ne sont pas habitués à pareille cacophonie. Ils se retiennent de justesse de se boucher les oreilles.

Pieds écartés et mains posées bien à plat sur les cuisses, l'acteur incarnant le fantôme fixe le samouraï sans bouger. Puis il se met à parler en faisant de grands gestes. Sa voix, modifiée par le masque blanc posé sur son visage, gronde comme le tonnerre. Il est effrayant.

Dans la salle, plus personne ne bouge. Les trois amis, comme les autres spectateurs, sont fascinés par cet étrange spectacle.

– Le fantôme est en train de reprocher à son ancien ennemi le meurtre déshonorant qu'il a commis, explique Sakura aux garçons.

Soudain, l'acteur saisit son éventail et le dresse au-dessus de la foule. Tournant lentement sur lui-même, il se dirige vers les enfants. Ceux-ci ne peuvent rien voir de son visage mais sentent son regard braqué sur eux.

Terrorisés, ils pensent avoir affaire au ninja noir déguisé. Mais aussi vite qu'il s'est approché d'eux, l'acteur au masque blanc rejoint le centre de la scène.

La musique reprend, et il se met à danser. Au rythme des tambours et de la flûte, il agite élégamment le tessen autour de lui. Puis, d'un geste brutal et inattendu, il le jette sur le sol. Et il fait face au samouraï.

L'éventail a glissé jusqu'au bord de la scène. Il est à deux mètres d'eux. Une chance qu'il ne faut pas laisser passer.

9
Un vieil ami

Logan est plus près de l'éventail que ses amis.

Noir et rouge, celui-ci est décoré d'un dragon qui serpente sur toute sa surface. Il ressemble à s'y méprendre au tessen de maître Saburo que Sakura a pris dans la vitrine du dojo.

Tout à coup, Logan a une idée.

– Sakura, donne-moi ton éventail, je vais essayer de le mettre à la place de l'autre, murmure le garçon.

Sans plus s'occuper de la pièce de théâtre, Logan glisse le long de la scène. Léon et Sakura le suivent de près. Ils ne sont plus qu'à quelques centimètres de l'éventail de combat quand un brouhaha parcourt la foule.

Quelque chose est en train de se passer. Quelque chose qui n'a rien à voir avec la pièce. Les chanteurs se sont tus, les musiciens ont suspendu leurs gestes. Même les acteurs ont interrompu leur jeu.

Tous les regards sont tournés vers l'élégant toit recourbé surplombant le pavillon. Debout sur celui-ci, prêt à sauter, le ninja noir vient d'apparaître.

Loin d'avoir abandonné sa poursuite, il a suivi discrètement les enfants en passant par les toits. Il espérait pouvoir les prendre au piège quand ils seraient seuls. Mais en voyant Logan se rapprocher de l'éventail de combat, il a tout de suite compris qu'il fallait agir sans attendre.

– Vite, Logan, attrape le tessen, hurle Sakura en découvrant leur ennemi.

Le garçon tend la main, referme les doigts autour du manche de l'éventail. Mais quand il cherche à le tirer vers lui, celui-ci refuse de bouger.

Logan, surpris, lève la tête.

Campé devant lui, l'acteur au masque blanc vient de poser son pied sur l'éventail. De son bras tendu, il désigne l'anneau dragon que le jeune karatéka porte à la main droite.

Il murmure :

– Hiro Minamoto ?

Même s'il est surpris que l'acteur prononce le nom du samouraï, Logan hoche la tête.

Comme s'il n'attendait que cette confirmation, l'acteur soulève alors sa sandale de paille. Mais au moment où Logan veut se saisir de l'éventail, une explosion le projette en arrière.

Le ninja noir vient de lancer un fumigène.

– Je n'y vois plus rien ! crie Sakura.

– Moi non plus, gémit Léon en se frottant les yeux.

Logan, qui avait fermé les yeux en tombant, est le seul à y voir encore à peu près clair. Suffisamment pour repérer le ninja. Ce dernier vient de sauter sur scène et attrape le tessen.

– Nonnnnn ! hurle Logan.

Le jeune karatéka se précipite. Bondissant dans les airs, pieds en avant, il percute de plein fouet le ninja qui se plie en deux sous l'impact. L'arme de Hiro lui échappe et glisse à l'autre bout de la scène.

Furieuse, l'ombre noire se retourne. Logan n'a pas le temps de se remettre en garde. Le ninja l'attrape par un pan de son kimono, le bascule sur sa hanche et le projette par-dessus son épaule. Logan vole quelques secondes dans les airs avant de finir sa course dans un tambour au fond de la scène.

– *Chou mima zen*, dit-il par réflexe au musicien abasourdi.

Heureusement, ses amis ont retrouvé la vue. Quand Logan réussit à dégager ses fesses du tambour, il découvre Sakura et Léon en plein combat. Aidés par l'acteur au masque blanc, ceux-ci tentent d'empêcher le ninja de se rapprocher du tessen.

Mais ils ne font pas le poids. Le ninja bondit à la vitesse de la lumière et maîtrise tous les arts martiaux :

il utilise ses pieds comme un karatéka, sait bloquer des attaques comme un kendoka, et déséquilibre ses adversaires comme un judoka.

Sakura est la première à en faire les frais. D'un coup de pied dans l'estomac, le ninja l'envoie voler au milieu des chanteurs.

– *Sumimasen*, lance la jeune fille en se redressant.

Le faux tessen toujours à la main, Logan a alors une idée.

Ôtant une de ses lames, il la jette de toutes ses forces vers le plafond.

– Tu fais quoi ? C'est pas le plafond qu'il faut viser, râle Sakura qui vient de le rejoindre.

– J'ai une idée ! Fais-moi confiance et laisse-moi essayer un truc, lui répond Logan en envoyant une deuxième lame.

Sakura suit le projectile d'acier du regard et comprend enfin ce qu'il veut faire.

Leur ennemi est sous une bâche de tissu tendue entre deux piliers. Si Logan arrive à couper la corde qui la retient, celle-ci tombera sur le ninja.

Malheureusement, Logan n'est pas aussi fort que Sakura en jet de lame. Son deuxième tir échoue à dix centimètres de la corde.

Un cri strident les fait sursauter.

C'est Léon. Il hurle de douleur. Le ninja est en train de lui tordre le bras.

L'acteur de nô se précipite à son aide. Il est armé d'un boken, un long bâton de bois souvent utilisé à l'entraînement par les samouraïs. Sans hésiter, il frappe violemment le ninja qui lâche Léon pour se protéger.

Leur ami se laisse glisser sur le sol en gémissant. Son bras pend lamentablement au bout de son épaule. Il ne peut plus se battre.

Logan hésite, puis tend une des lames du tessen à Sakura.

– Tu es meilleure que moi. À toi de jouer, lui dit-il en désignant le plafond.

La jeune fille hoche la tête.

La salle est déserte. Les spectateurs, les musiciens et les chanteurs ont tous fui. Seul l'acteur de nô au masque blanc se bat encore contre le ninja.

Il manie très bien le boken, mais sa technique est très en dessous de celle de leur ennemi. Esquivant chacune de ses attaques, l'ombre noire finit par attraper le bâton pour le retourner contre l'acteur. Un coup au plexus lui suffit pour l'envoyer au tapis. À peine essoufflé, le ninja se tourne vers eux. C'est leur dernière chance.

Sakura respire profondément, Logan se tient prêt.

Quand leur ennemi bondit sur eux… le drap pendu au plafond s'abat sur lui. Précise, la lame lancée par Sakura a tranché la corde.

10
La ruse de Logan

Quand le ninja s'extirpe de la lourde pièce de tissu, il ne perd pas une seconde.

Sautant sur ses pieds, il se précipite en avant en hurlant. Son cri est si puissant que Sakura se bouche les oreilles.

Le ninja bondit sur Logan, le soulève au-dessus de sa tête et l'envoie voler sur le sol de nattes. Assommé, Logan n'a pas le temps de se relever que le ninja est déjà sur lui. D'une violente manchette sur le poignet, il l'oblige à lâcher l'arme de Hiro.

Puis, il s'en saisit, jette une boule de verre sur le sol, pose la main contre sa poitrine et disparaît dans un écran de fumée.

– Logan ! crient Sakura et Léon en se précipitant vers leur ami effondré sur le sol.

Le jeune karatéka pose la main par terre pour se redresser et grimace de douleur. Son poignet lui fait mal. Il le fait tourner autour de son axe. C'est un peu douloureux mais pas plus qu'après une mauvaise chute.

Il rassure ses amis :

– Ça va, rien de cassé...

Sakura lui tend le bras. Le garçon le saisit de sa main valide et la jeune fille le hisse sur ses pieds.

– Et toi, Léon, comment va ton bras ? demande Logan.

Son camarade remue les doigts et fait bouger son épaule.

– C'est pas super agréable mais ça ira, dit-il en grimaçant.

– T'inquiète pas, dès qu'on sera de retour au dojo, je t'emmènerai à l'infirmerie, le rassure Sakura.

Léon ouvre des yeux ronds.

– Au dojo ? Mais comment tu veux qu'on rentre sans le tessen ? Tu n'as pas vu que le ninja l'avait récupéré ?

Logan et Sakura se jettent un regard complice.

– T'inquiète pas, Léon. Le ninja est bien parti avec un tessen... mais pas avec le bon, lui annonce Logan en souriant.

– Ben, il est où alors ?

Sakura s'avance et glisse la main dans une des manches de son kimono. Elle en retire triomphalement l'éventail de guerre.

– Il est ici ! Pendant que le ninja était sous la tenture, on en a profité ! On a fait l'échange et Logan a fait semblant de s'enfuir. On a préféré ruser parce qu'on savait qu'on n'aurait pas le dessus.

– Et puis, comme ça, on est tranquilles.

Léon jette un regard admiratif à ses camarades.

– Ça alors ! Vous m'en bouchez un coin les gars !

– Et la fille ! le reprend aussitôt Sakura.

– Oui. Le gars et la fille, corrige Léon en rigolant.

Sakura déplie l'éventail de guerre. La face externe, avec son dragon noir brodé sur fond rouge, est identique à la copie. Mais l'intérieur est très différent. Entre les lames d'acier, une centaine de minuscules signes noirs ont été brodés.

– Regardez, il y a un message ! s'exclame Léon.

Mais Sakura secoue la tête.

– Ce ne sont pas des logogrammes. Ou alors ce sont ceux d'une autre langue, car je ne comprends rien.

Les trois amis sont déçus. Un instant, ils ont cru que ce message les aiderait pour la suite. Mais rien. Sakura tend le tessen entre eux.

– Bon, il serait peut-être temps de rentrer à la maison.

Ses amis avancent la main et posent leurs doigts sur l'éventail. Ils sont persuadés que ce geste les emmènera loin d'ici. Mais, une nouvelle fois, rien.

– Zut ! Vous croyez que c'est le mauvais tessen ? s'inquiète Léon.

– Non. Impossible, le rassure Logan. C'est juste que nos anneaux ne doivent pas être assez proches.

Joignant le geste à la parole, ils collent leurs mains les unes sur les autres, et les posent sur l'éventail. Mais toujours rien.

– Oh là là, ça ne sent pas bon du tout. Comment on va rentrer, maintenant ? lance Sakura de plus en plus inquiète.

La jeune fille aimerait que Léon ou Logan lui proposent une solution. Pourtant, à sa grande surprise, c'est l'acteur de nô qui lui répond.

– Hiro Minamoto ! lance celui-ci d'une voix forte.

Remis de son combat contre le ninja, l'homme s'est relevé et se dirige vers eux. D'un geste sûr, il détache son masque blanc et le jette au sol.

Derrière, les apprentis samouraïs découvrent un visage ridé. L'acteur de nô est très âgé. C'est presque un vieillard. En se souvenant de son agilité face au ninja, Logan ne peut s'empêcher de siffler :

– Ben dis donc, il assure grave le papi.

– Hiro Minamoto ! répète l'homme en désignant le tessen puis en se mettant à parler à toute vitesse.

– Sakura, tu peux traduire s'te plaît, demande Léon.

Son amie secoue la tête.

– Non, il parle beaucoup trop vite… et puis, j'ai l'impression que l'ancien japonais est différent de celui qu'on parle aujourd'hui…

Voyant qu'il n'arrive pas à se faire comprendre, l'homme leur fait signe de le suivre et s'avance vers le rideau multicolore donnant sur les coulisses.

– Il veut quoi ? demande Logan.

– Aucune idée… mais je pense qu'on devrait y aller, dit Sakura en emboîtant le pas à l'acteur.

11
De l'autre côté du miroir

Derrière le rideau aux cinq couleurs, il y a une minuscule pièce. À l'exception de l'immense miroir dressé sur un de ses murs, celle-ci est complètement vide.

De l'autre côté, par une porte restée ouverte, Léon, Logan et Sakura aperçoivent des portants chargés de costumes et des coffres débordant d'objets. Ils sont persuadés que c'est là-bas que l'acteur veut les emmener, mais le vieil homme n'avance pas plus loin et s'arrête face au miroir.

À nouveau, il tend la main vers le tessen et demande quelque chose en japonais. Sakura se concentre. Cette fois-ci, l'homme a parlé plus lentement et elle croit comprendre quelque chose.

– J'ai l'impression qu'il veut l'éventail, traduit-elle à ses amis. On fait quoi ?

Logan grimace. Ils ont eu tellement de mal à retrouver l'arme de Hiro qu'il n'a pas très envie de s'en défaire.

Mais Léon, lui, hoche la tête.

– Vas-y, Sakura. Je suis certain qu'on doit lui faire confiance. N'oublie pas que c'est le fantôme d'Eiko qui m'a dit de le suivre.

La jeune kendoka soupire, puis décide d'écouter Léon. Elle tend le tessen au vieil homme.

Celui-ci le prend avec respect entre ses deux mains et le déplie lentement à hauteur de sa poitrine.

– Hiro Minamoto. *Yujin*, dit-il en articulant lentement pour être certain de bien se faire comprendre.

– *Yujin*... ça veut dire « ami » en japonais. Oui, on est des amis de Hiro ! s'exclame Sakura. *Yujin Hiro !*

Satisfait de la réponse, le vieil homme sourit et tourne lentement l'éventail face au miroir. Dans le reflet, les petits signes brodés apparaissent inversés.

– C'était bien un message, mais les logogrammes ont été brodés à l'envers, devine Léon. Dans le miroir, j'arrive à en déchiffrer une partie.

– Et moi une autre ! crient en même temps Logan et Sakura.

Les amis se pressent dans le dos du vieil homme pour mieux voir.

Comme la dernière fois, ils se succèdent pour lire le message que les trois apprentis samouraïs leur ont laissé.

– « De l'autre côté du miroir, caché dans le reflet...
– ... vous trouverez le chemin qui me délivrera...
– ... et celui qui vous ramènera chez vous. »

Ils ont à peine achevé leur lecture que la surface polie se trouble. Leur reflet s'évapore. Il est remplacé peu à peu par l'image d'un jeune homme en kimono.

– Hiro ! s'écrient-ils en chœur.

De l'autre côté du miroir, le fantôme du jeune samouraï tend la main. Les amis l'imitent, et appuient leurs paumes sur le reflet. Leurs anneaux étincellent. La surface froide devient tiède, puis chaude et finit par disparaître.

Le fantôme de Hiro n'est plus dans le miroir. Debout en face d'eux, il a posé sa main sur l'épaule du vieil homme et leur sourit.

– Sakura-san, Logan-san, Léon-san. Je vous présente mon ami le plus cher, le grand acteur Umewaka Minoru. Il n'était qu'un tout jeune homme quand ma famille fut attaquée par les rônins. Connaissant sa bravoure, je lui confiai l'arme contenant mon âme pour qu'il la cache loin de notre demeure ancestrale. Depuis, elle ne le quitte pas et voyage de sanctuaire en sanctuaire sur les routes du Japon.

Lâchant l'épaule de son ami, le fantôme de Hiro s'approche alors des apprentis samouraïs et pose sa main sur les leurs.

– Aujourd'hui, grâce à la puissante magie qui a fait de moi un fantôme, vous êtes venus me libérer. En échange, je vais vous remettre les pierres qui vous permettront de devenir des combattants vertueux. Sakura-san, Logan-san, Léon-san. Vous avez accompli le rituel de purification avant d'entrer dans le sanctuaire et vous avez respecté la parole que vous aviez donnée à mon frère de venir me délivrer. Vous avez démontré que vous possédiez l'honneur et la sincérité des samouraïs. Je vous offre donc à tous la pierre du *meiyo** et celle du *makoto**.

Leurs anneaux s'illuminent et deux nouvelles pierres, une rose et une bleue, apparaissent à leur surface.

Mais le fantôme de Hiro n'en a pas fini.

– Logan-san. Tu es retourné aider ta camarade en danger. Tu n'as pas hésité à attirer sur toi la colère de votre ennemi. Tu as démontré que tu possédais en toi le *yu*, le « courage des samouraïs ». Celui qui te pousse à te sacrifier pour les autres.

Aussitôt, une pierre verte apparaît sur l'anneau de Logan. Trop impressionné pour répondre, le garçon salue Hiro avec respect.

Comme si faire apparaître les pierres le fatiguait, les contours du fantôme se brouillent. Mais il lui reste une dernière chose à dire.

– Mes jeunes amis, je dois vous quitter. Je vais rejoindre mon frère Eiko et attendre à ses côtés que vous libériez l'esprit de notre sœur. Vous êtes forts et valeureux, mais prenez garde. Votre ennemi est plus proche de vous que vous ne l'imaginez.

Sur ces derniers mots énigmatiques, le fantôme de Hiro pointe le tessen vers eux. Aussitôt une grande lumière en jaillit et les projette en arrière.

12
Une troublante ressemblance

Quand Logan, Léon et Sakura rouvrent les yeux, ils sont de retour dans la salle d'exposition du dojo de maître Saburo, et portent à nouveau leurs vêtements. Des brouhahas montent de la cour. Le jour est levé.

– Tiens, c'est étrange, cette fois, j'ai l'impression que le temps a continué d'avancer pendant notre voyage, remarque Sakura.

Logan tire son téléphone de sa poche et confirme l'intuition de sa camarade.

– Ouais, il est plus de huit heures... J'espère que personne n'aura remarqué notre disparition, grimace le garçon en découvrant deux appels en absence de sa mère.

Léon sursaute. Lui aussi est inquiet, mais c'est pour une tout autre raison.

– Quoi ! Il est huit heures ! Mais c'est pas possible... tu veux dire qu'on a raté le petit-déjeuner ! Vite, faut filer au réfectoire avant qu'il n'y ait plus rien, s'exclame le jeune judoka en se précipitant vers la porte.

Mais avant qu'il puisse faire un pas, Sakura le retient par la ceinture verte de son kimono.

– À ta place, je serais discret en sortant d'ici.

– Pourquoi ?

– Parce que, quand maître Saburo va découvrir qu'une pièce de sa collection a disparu, j'ai peur que ça ne lui fasse pas hyper plaisir, dit-elle en pointant du doigt la vitrine où était exposé le tessen.

Évidemment, celle-ci est vide.

– Oups, j'avais pas pensé à ça en laissant l'éventail au ninja, couine Logan.

– Et si quelqu'un nous voit sortir de cette pièce, on sera tout de suite accusés, ajoute Léon.

Les amis ne peuvent pas nier qu'ils ont un sérieux problème.

– L'important c'est de ne pas se faire remarquer, déclare Sakura. Alors on file au vestiaire pour se changer et on rejoint les autres comme si de rien n'était.

Lentement, Logan entrouvre la porte. Il jette un coup d'œil dans le couloir.

– Y a personne… on peut y aller.

Le plus silencieusement possible, ils se dirigent vers les escaliers, puis les descendent jusqu'au rez-de-chaussée.

De l'autre côté de la cour, les fenêtres du réfectoire sont grandes ouvertes. Les bruits de vaisselle et les odeurs de pain grillé qui s'en échappent mettent Léon au supplice. Son estomac gargouille si fort qu'il a l'impression d'avoir un marteau piqueur au milieu du ventre.

Les vestiaires sont au bout des arcades. Mais, en voyant l'air abattu de Léon, Sakura est prise de pitié.

– Léon, t'es déjà en tenue, alors pas la peine de nous accompagner. Si tu te dépêches, je suis certaine que tu auras le temps de prendre un petit-déj...

Immédiatement, un immense sourire illumine le visage de leur ami. Perdant toute prudence, le garçon s'engage sous les arcades de pierre sans vérifier si la voie est libre... et manque de se faire embrocher par une longue flèche.

– Léon ! hurlent en chœur Sakura et Logan en se précipitant vers lui.

Le jeune judoka a perdu son sourire. Très pâle, il fixe la flèche qui a frôlé son visage. Plantée au centre d'une cible de paille, sa pointe a emporté avec elle une de ses nattes.

À l'autre bout de l'arcade, Tomoe Kamara, son arc à la main, a l'air furieuse.

– Décidément, vous n'êtes jamais au bon endroit, les gronde-t-elle en fronçant les sourcils. Je peux savoir ce que vous faites là ?

Léon, choqué, n'est pas en état de parler.

Sakura, qui n'a pas l'habitude d'être prise en faute, ne sait pas quoi répondre.

Mais Logan ne se démonte pas et balance le premier truc qui lui passe par la tête :

– On est allés méditer.

– Méditer ? répète l'assistante de maître Saburo d'un ton soupçonneux. Et où ça ?

– Dans la salle de méditation bien sûr… D'ailleurs, on était justement en train de se dire que le samouraï dont le portrait est accroché à côté de l'autel vous ressemblait drôlement, précise le garçon en la regardant fixement. Ce ne serait pas un de vos ancêtres, par hasard ?

Sakura lève les yeux au ciel. Si Logan pense justifier leur présence dans les couloirs avec un mensonge aussi énorme, il rêve.

Pourtant, à sa plus grande surprise, la grande championne de kendo semble désarçonnée par la question de son camarade. Elle qui est habituellement impassible en toute circonstance se met à rougir.

– N'importe quoi… au lieu de dire des âneries, filez vous changer ! Le premier cours débute dans dix minutes et je ne veux voir personne en retard ! leur lance-t-elle avant de les planter là.

13
Un ennemi bien proche

Sakura, Logan et Léon, en kimono d'entraînement, attendent l'arrivée de maître Saburo en s'échauffant sur les tatamis du dojo.

Une fois n'est pas coutume, le sensei est en retard.

Tout en s'étirant, ils en profitent pour faire discrètement le point sur leur aventure.

Aujourd'hui, en libérant l'âme de Hiro, ils ont réussi leur deuxième mission. D'ailleurs, les cinq pierres de l'anneau de Sakura et Logan, ainsi que les quatre sur celui de Léon, sont là pour le prouver.

Mais la mise en garde de Hiro leur trotte dans la tête.

– Il voulait dire quoi par « Votre ennemi est plus proche de vous que vous ne l'imaginez » ? s'inquiète Léon. Vous croyez que le ninja est un des élèves ?

Ils observent les stagiaires qui s'entraînent autour d'eux.

– Le ninja noir n'est pas très grand. Ces trois-là pourraient correspondre, dit Sakura en désignant discrètement deux garçons et une fille.

– OK, mais niveau technique, ils ne sont pas à la hauteur, la contredit Logan.

Léon grimace.

– Sauf si l'un d'entre eux fait semblant, remarque le garçon.

Les trois camarades se taisent. Ils ne sont pas plus avancés, mais l'idée que leur ennemi est sans doute dans cette salle leur fait froid dans le dos.

– À partir de maintenant il va falloir être discrets, murmure Logan.

– Et trouver rapidement l'indice conduisant à l'arme d'Ako, ajoute Sakura.

Léon s'apprête à surenchérir quand maître Saburo et Tomoe Kamara entrent enfin dans la grande salle du dojo.

Immédiatement, les stagiaires se mettent en rang, saluent leur sensei et s'agenouillent en silence pour écouter ses instructions.

– Aujourd'hui, vous allez découvrir le tessen-jutsu, ou l'art du combat à l'éventail. Mais, attention, pas n'importe quel éventail...

Bouche bée, Sakura, Logan et Léon observent maître Saburo.

Fascinés par l'objet que celui-ci tient dans sa main, ils ont cessé de l'écouter.

Car, dans la main de leur sensei, cet homme qui les a invités au stage, l'unique descendant du clan Minamoto, il y a un tessen.

LE tessen… celui avec lequel le ninja s'est enfui en croyant s'emparer de l'arme de Hiro.

PARTIE

3

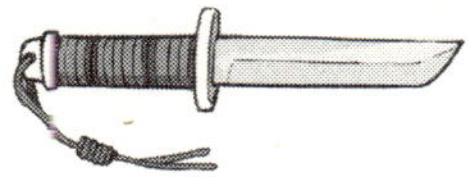

1
Dernier jour de stage

La nuit vient à peine de disparaître, pourtant le dojo de maître Saburo fourmille déjà d'activité.

Ce soir, une démonstration d'arts martiaux est prévue pour les parents, alors les stagiaires redoublent d'efforts pour être prêts.

Malheureusement, certains d'entre eux ne sont pas encore au point.

Dans la cour, Léon répète un enchaînement de kendo mais il n'arrête pas de se tromper.

– Aïe ! Mais fais un peu attention ! C'est la troisième fois que tu me donnes un coup de coude dans le visage, se plaint sa partenaire en rompant la belle harmonie de l'enchaînement.

– Léon ! viens ici, l'interpelle Tomoe Kamara.

Le jeune judoka s'excuse auprès de sa voisine et sort du rang.

– Tu peux m'expliquer pourquoi je te vois bâiller depuis le début de mon cours ?

Le jeune judoka grimace. Comment trouver le sommeil alors qu'ils n'ont toujours pas découvert l'arme d'Ako et que le stage se termine ce soir ? Impossible d'avouer la vérité à l'assistante de maître Saburo.

– Je suis désolé, murmure le garçon en baissant la tête.

Agacée, la grande kendoka lui désigne les bancs longeant les arcades de pierre.

– Va t'asseoir. Tu reviendras quand tu seras réveillé.

Tête basse, Léon s'installe à côté de la salle de méditation.

À l'intérieur, les élèves de l'autre groupe sont assis sur les tatamis de paille en position du lotus et écoutent maître Saburo avec attention.

Au premier rang, Léon aperçoit la tignasse ébouriffée de Logan. Le jeune karatéka se gratte la joue, remet en place sa mèche blonde, gigote sur ses fesses... pas franchement l'attitude idéale pour une séance de méditation.

La voix de maître Saburo, grave et profonde, égrène une série de consignes.

– Respirez profondément. Concentrez-vous uniquement sur les bruits qui vous entourent. Commencez par ce qui est proche. Puis allez de plus en plus loin.

Malgré lui, Léon obéit au sensei. Le parfum de l'encens s'échappant de la porte ouverte l'envahit.

Il entend son estomac gargouiller, les bruissements des kimonos sur les tatamis, le bruit des bâtons de kendo s'entrechoquant dans la cour.

La voix profonde de maître Saburo s'élève par-dessus ce brouhaha :

– Maintenant, fermez les yeux. Concentrez-vous sur votre respiration. Vous devez réussir à faire le vide. À ne plus penser à rien.

Léon obéit mais n'arrive pas à respecter les consignes. À part son estomac, il n'y a rien de vide en lui.

À la pensée qu'à cause d'eux, Hiro et Eiko risquent de ne pas retrouver leur sœur, son cœur se serre.

Léon soulève ses paupières en soupirant. Son groupe est parti s'entraîner au tir à l'arc dans la grande salle du dojo. Tomoe Kamara a dû penser qu'il dormait car elle l'a laissé tout seul dans la cour.

Pendant une poignée de secondes, le garçon est un peu vexé. Puis il se dit que c'est une chance. Sans l'assistante de maître Saburo sur le dos, il va pouvoir aller chercher le dernier indice dans la salle d'exposition.

Il faut juste qu'il trouve un moyen de prévenir Logan et Sakura.

Dans la salle de méditation, le calme règne.

À part Logan, tous ont les yeux fermés. Au lieu de se concentrer, son camarade s'amuse à faire briller les cinq pierres de son anneau dans un rayon de soleil.

À ses côtés, Sakura respire profondément. Comme Logan, elle a cinq pierres qui scintillent sur son annulaire droit.

Léon grimace.

Lui n'a que quatre pierres. Il lui manque la pierre du *yu*, celle du courage des samouraïs. Même s'il ne l'a pas avoué à ses amis, ça lui donne l'impression d'être un raté.

Profitant de ce que maître Saburo a lui aussi les yeux fermés, Léon lance un petit caillou en direction de Logan. Le projectile atterrit pile dans son cou.

Surpris, le garçon tourne la tête vers la porte et fronce les sourcils en découvrant Léon qui lui fait signe de le rejoindre.

Logan secoue la tête. S'il a insisté pour s'asseoir au premier rang, c'est qu'il souhaite en profiter pour demander à maître Saburo des précisions sur le portrait de samouraï accroché à droite de l'autel.

Le garçon aimerait savoir pourquoi Tomoe Kamara a semblé gênée quand il lui en a parlé. Sauf que...

– Logan !

À force de s'agiter, le jeune karatéka a fini par attirer l'attention du sensei.

Maître Saburo lui désigne la porte.

– Va rejoindre Léon un moment. Tu reviendras quand tu seras concentré.

2
Le plan de Léon

– C'est malin, à cause de toi je me suis fait virer, grogne Logan en se laissant tomber à côté de Léon.

– Désolé, mais je n'arrête pas de penser à l'arme d'Ako et je me disais que…

– Dis donc, tu ne devrais pas être avec ton groupe ? le coupe soudain Logan. Si Tomoe Kamara nous voit en train de bavarder, ça ne va pas lui faire plaisir.

– Pour ce que ça va changer, elle me déteste de toute façon, grogne Léon.

Depuis qu'elle lui a arraché une de ses nattes avec une flèche, Léon est persuadé que l'assistante de maître Saburo lui en veut personnellement. Les autres ont beau lui répéter que c'était un accident, le garçon n'y croit pas.

– En plus, si Tomoe Kamara n'était pas sans arrêt derrière nous, on aurait déjà trouvé l'arme d'Ako, ajoute le jeune judoka.

Logan hoche la tête. Lui aussi a remarqué que la kendoka était toujours sur leur chemin.

– T'as raison, elle est pas claire…

– N'importe quoi ! Le dojo n'est pas si grand, c'est normal qu'on la croise souvent, les interrompt brusquement Sakura.

Les garçons sursautent. Ils n'ont pas entendu arriver leur amie et, comme elle est plutôt du genre première de la classe, Logan ne peut cacher sa surprise.

– Toi aussi tu t'es fait virer ?

Sakura rigole.

– Mais non, j'ai juste demandé à aller aux toilettes… et quand j'entends les bêtises que vous racontez, je me dis que j'ai bien fait !

Malgré les soupçons des garçons, Sakura continue à admirer Tomoe Kamara.

De l'autre côté des baies vitrées, la grande kendoka exécute une démonstration de tir. Agenouillée en position de sharei, elle envoie de longues flèches dans des cibles de paille.

Si Sakura s'extasie sur sa technique parfaite, Logan ne peut s'empêcher de grogner.

– N'empêche, elle ressemble drôlement au portrait du samouraï de la salle de méditation. C'est louche.

– Et maître Saburo qui avait le tessen volé par le ninja noir, vous ne trouvez pas ça louche peut-être ? réplique Sakura du tac au tac.

Depuis leur retour du temple shinto, la jeune fille est persuadée que leur sensei a quelque chose à voir avec le ninja noir tandis que les garçons, eux, soupçonnent son assistante. Et ce n'est pas la première fois qu'ils se disputent à ce sujet.

Devant l'air agacé de sa camarade, Logan cherche le soutien de Léon.

– Et toi ? T'en penses quoi ?

Le jeune judoka élude sa question d'un revers de la main.

– Moi, je dis que, comme ils sont tous les deux occupés, on devrait en profiter pour aller fouiller la salle d'exposition.

– Et comment ? Je te rappelle que la salle est fermée à clé ! grimace Sakura. T'as pas encore de pouvoirs magiques, je te signale.

– De toute manière, rien ne prouve que l'indice soit là-bas, renchérit Logan.

Mais Léon n'est pas d'accord.

– Les premiers indices étaient dans la salle d'exposition. Les anneaux dans la boîte de laque noire et le tessen sur un portrait de Hiro et de son père. C'est là qu'il faut concentrer nos recherches, j'en suis certain.

– Mais on cherche quoi ? lui demande Sakura. Il y a des dizaines d'objets et de tableaux là-haut, on n'a pas le temps de tous les retourner.

Léon sourit. C'est le moment de leur exposer son plan.

– On se concentre sur les tableaux et les objets de filles. Je suis certain qu'Ako est liée à l'un d'entre eux.

C'est une excellente idée, mais Logan grimace.

– Et comment on fait pour y aller, gros malin ? Je te rappelle que la salle est fermée à clé.

– Facile. On va utiliser le passe de maître Saburo.

– Tu veux lui voler sa clé ! s'exclame Logan.

– T'es devenu complètement dingue, ajoute Sakura.

Mais Léon éclate de rire.

– Sakura n'a qu'à dire qu'elle a perdu sa clé de casier. Comme maître Saburo est trop occupé pour l'accompagner, il lui donnera son passe. Sakura en profitera pour nous ouvrir la salle et le tour est joué.

– Et pourquoi moi ? ronchonne Sakura.

– Eh ben parce que t'es une fille alors il se méfiera moins, répond Logan comme si c'était logique.

– Tu peux développer ? lui rétorque la jeune fille en fronçant les sourcils.

Sentant venir l'embrouille, Léon se lève.

– Ce que vous pouvez être pénibles ! Laissez tomber, je vais y aller moi-même, dit-il en tirant sur son bas de kimono.

– Mais qu'est-ce que tu fabriques avec ton pantalon ? s'étonne Sakura quand il lui tend sa ceinture.

– Je me fabrique une bonne excuse pour réclamer la clé. Filez, on se retrouve devant la porte.

3
Rônin par amour

Quand Léon entre dans la salle, la séance de méditation vient juste de s'achever. Assis en tailleur sur les tatamis, les élèves sont détendus.

Maître Saburo leur raconte toujours une histoire sur les samouraïs à la fin de ses cours. Un moment que les stagiaires apprécient particulièrement.

Retenant d'une main son pantalon, Léon va s'avancer vers le sensei quand il est bousculé par Logan.

– Attends, faut que je lui pose une question avant, murmure le garçon en lui passant devant.

Les mains prises par son pantalon, Léon ne peut le retenir. Quand Logan a une idée dans la tête, il est plus têtu qu'un troupeau de mules.

– Maître, vous pourriez nous parler de ce samouraï, crie Logan en tendant le bras vers le tableau accroché à droite de l'autel.

Maître Saburo fronce les sourcils. Il n'a pas l'habitude qu'on lui impose le thème de son histoire, mais décide pourtant de répondre au garçon.

– Ce grand guerrier s'appelle Yoshigori Kamara. C'est un samouraï tombé en disgrâce pour avoir trahi l'ordre des samouraïs.

Logan sursaute.

Léon se dit que c'est parce que ce guerrier porte le même nom que l'assistante de maître Saburo. Mais non.

– Vous avez mis le portrait d'un rônin, d'un traître, dans le dojo ? C'est débile…

Devant ce manque de respect, Léon manque de s'étrangler.

« Il est devenu complètement fou », pense le garçon en voyant le regard de maître Saburo s'assombrir.

– Si Yoshigori Kamara a rompu son vœu d'obéissance, c'est pour une très bonne raison. Il est devenu rônin… par amour.

– Comme dans *Roméo et Juliette* ? soupire un stagiaire au fond de la salle.

Maître Saburo sourit.

– Presque. À cette époque les samouraïs étaient liés à leur seigneur. Celui-ci devait approuver toutes leurs actions, alors aucun samouraï ne pouvait se marier sans son accord.

– Et il lui a dit non ?

– Pire que ça, Logan. La fiancée de Yoshigori était si belle que le seigneur du samouraï décida qu'elle serait sa femme. Entre l'obéissance qu'il devait à son seigneur et sa fiancée, Yoshigori choisit l'amour. Il a donc enlevé sa belle et s'est enfui avec elle. C'est ce qui a valu à cet extraordinaire guerrier d'être renié par l'ordre des samouraïs.

– Parce que les autres samouraïs ne sont pas venus le défendre ? demande une voix au fond de la salle.

Comme s'il prenait cette faute pour lui, le sensei se contente d'acquiescer en silence.

– Mais c'est pas juste ! s'exclame Léon.

– Oui, tu as raison, Léon, c'est injuste. C'est d'ailleurs pour ça que j'ai choisi d'accrocher le portrait de Yoshigori Kamara au milieu d'autres grands samouraïs. Pour montrer que quand un ordre est injuste il y a parfois plus d'honneur à désobéir qu'à ob...

– On peut désobéir ! Je le savais ! s'exclame Logan.

Un immense silence s'abat sur la salle de méditation.

– Logan, tais-toi un peu, tu vas te faire tuer, murmure Léon.

– Ben quoi ? Moi je trouve ça cool. Ça veut dire qu'on n'est pas obligés d'obéir au sensei quand il nous demande un truc qu'on n'a pas envie de faire.

Trop content de cette bonne nouvelle, Logan ne s'est pas rendu compte que tous les regards sont braqués sur lui. Ni que maître Saburo, mains sur les hanches, commence à perdre son calme légendaire.

Quand il se plante devant lui, Logan comprend, trop tard, qu'il aurait mieux fait de se taire.

– L'obéissance est sacrée pour les samouraïs ! tonne le sensei.

– Mais vous avez dit…

– Dans ce cas précis, le seigneur de Yoshigori Kamara s'était comporté sans honneur et ne méritait plus l'obéissance. Penses-tu que je me comporte sans honneur, Logan ? Penses-tu que mes décisions justifient qu'on me désobéisse ?

Rouge comme une pivoine, Logan s'agenouille et baisse le front jusqu'au sol en signe de respect. Il sait qu'il est allé trop loin.

Aussi, quand maître Saburo l'expulse à nouveau de son cours, il obéit immédiatement sans prononcer un mot.

Se souvenant de sa mission, Léon s'apprête à en profiter pour demander son passe au sensei quand le regard furieux de celui-ci le cloue sur place.

– Léon, une remarque à faire sur ce que vient de dire ton ami ?

Le jeune judoka déglutit et secoue la tête de droite à gauche. Ses petites nattes volent autour de son visage.

Dans la salle, tous les regards sont maintenant rivés sur lui.

Léon, qui a toujours détesté être au centre de l'attention, est incapable de prononcer une parole.

– Bien. Si tu n'as rien à dire, va avec les autres.

Impossible. Le stage se termine ce soir et c'est leur dernière chance de tenter quelque chose pour sauver l'âme d'Ako. Il ne peut pas laisser tomber la samouraï.

Courageusement, Léon prend une grande inspiration et lâche :

– Maître...

– QUOI ENCORE !

Le sensei a hurlé si fort que Léon sursaute et lâche son pantalon.

Le temps qu'il le rattrape, tout le monde a pu apercevoir son caleçon préféré.

Celui où on voit Chewbacca surfer avec des lunettes noires.

Des rires fusent. Jamais Léon ne s'est senti aussi mal. Il aimerait s'enfuir en courant mais il n'oublie pas sa mission. Tant qu'à se taper la honte de sa vie, autant que ça serve à quelque chose.

– J'ai... j'ai un problème avec la ceinture de mon kimono. Vous pourriez me prêter votre passe pour que j'aille me changer ? demande-t-il d'une toute petite voix.

4
À la recherche d'Ako

Le précieux passe en main, les garçons rejoignent la salle d'exposition en silence.

– Ça s'est bien passé ? leur demande Sakura.

Léon et Logan échangent un coup d'œil. Aucun d'eux n'a envie de raconter ce qui vient de leur arriver.

– Oui, oui, très bien, marmonne Léon en récupérant sa ceinture.

Pendant que Logan ouvre la porte, fidèle à son habitude, Sakura répartit les tâches.

– Je m'occupe du mur de droite. Logan, tu vérifies celui de gauche et Léon...

– Celui qui donne sur la cour. T'inquiète, j'ai compris.

Léon se dirige vers le fond de la pièce. Les grandes fenêtres sont fermées mais il préfère rester loin d'elles. Il ne faudrait pas que quelqu'un l'aperçoive depuis la cour.

– Ako, Ako… où te caches-tu ? murmure le garçon en observant la multitude d'objets qui l'entourent.

Dans les vitrines, il repère rapidement des objets appartenant à des femmes. Un service à thé, un genre de banjo carré avec un très long manche (un shamisen*), un costume de cérémonie et son obi, des peignes de nacre, un vieil étui de poignard. Mais rien, absolument rien n'est au nom d'Ako.

Déçu, Léon va rejoindre ses amis quand un cercle de lumière attire son attention. Un petit point lumineux se déplace sur le mur. Il lui rappelle le pointeur qu'utilise parfois son prof d'histoire-géo pour leur montrer des détails au tableau. Seule différence, au lieu d'être rouge, ce petit point est blanc.

Intrigué, Léon tourne la tête sans réussir à en déterminer la provenance.

– Hé, Léon, regarde ta bague ! C'est un truc de dingue ! lui crie Logan de l'autre bout de la salle.

Le jeune judoka écarquille les yeux. Son anneau brille de mille feux. C'est lui qui projette cet étrange faisceau. Comme si… comme si celui-ci voulait lui montrer quelque chose de précis. Léon suit la lumière des yeux.

Dans un angle sombre de la pièce, un grand tableau est accroché. Tout à l'heure, il est passé devant sans s'attarder ; c'est un paysage de bord de mer. On distingue un village, des falaises, une plage et quelques barques. Des plongeurs s'élancent des hauteurs vers une mer bleu-noir. Rien à voir avec des samouraïs.

Pourtant, c'est sur cette scène que s'arrête le faisceau. Enfin, plus exactement sur l'angle inférieur droit de son cadre.

Puis, la bague de Léon cesse de scintiller et la lumière disparaît.

– Regardez, il y a un truc coincé derrière ce tableau, dit Logan en s'approchant. On dirait…

– Un origami ! s'exclame Sakura en tirant sur le morceau de papier.

Logan se penche vers leur trouvaille et grimace.

– Mais… ce n'est pas une arme ! Ça ressemble à une barque. Déplie-le pour voir.

Sakura s'exécute.

Malheureusement, comme avec l'éventail, il n'y a rien d'écrit sur le papier.

– Tu parles d'un indice, grogne Logan.

Un lourd silence s'installe entre eux.

Soudain, Léon claque des doigts.

– Le tableau ! Il y a des barques dessus ! Je suis certain qu'il y a un rapport.

Logan, qui est le plus près du mur, se penche pour lire le titre de l'œuvre.

– « La pêcheuse de perles »… Je ne vois vraiment pas le rapport avec une arme.

Mais Sakura sourit.

– L'arme d'Ako, c'est un tanto* ! s'exclame-t-elle.

– Ah ouais ? Et comment tu l'as deviné ? grimace Logan.

– La pêcheuse de perles, c'est une vieille légende japonaise que ma grand-mère m'a racontée quand j'étais petite.

– Et ? C'est quoi le rapport ? insiste Léon.

– Dans cette légende, une plongeuse est chargée par l'empereur de retrouver un bijou perdu au fond de la mer du Japon. Je ne me souviens plus des détails, mais je me rappelle qu'à la fin la jeune fille utilise un poignard. Pour chasser des démons, elle s'entaille la poitrine et répand son sang dans la mer.

– Beurk, c'est dégueu, grimace Logan qui a horreur du sang.

– Ouais, j'espère que les Japonais ne la lisent pas à leurs enfants le soir, sinon bonjour les cauchemars, renchérit Léon.

Mais Sakura n'est pas de leur avis.

– Question de point de vue. Moi je ne trouve pas ça plus terrifiant que le Petit Chaperon rouge qui se fait dévorer par un loup...

– Moi ce que j'aimerais comprendre, c'est quel est le rapport avec l'arme d'Ako. Tu as une idée, Sakura ? lui demande Léon en changeant de sujet.

La jeune fille hoche la tête.

– Le poignard qu'utilise la plongeuse *ama* fait certainement référence à un tanto...

– Une plongeuse quoi ? s'exclament les garçons.

– Une plongeuse *ama*. C'est comme ça qu'on appelle les femmes qui pêchent des perles et des coquillages au Japon.

– Mais j'y pense ! s'exclame Léon en tendant le bras. Il y a un étui de poignard juste ici !

Logan et Sakura se dirigent vers l'étagère qu'il leur désigne.

En équilibre sur un présentoir trône un magnifique étui. Celui-ci, en cuir et en métal, est décoré de fleurs de cerisier. Exactement les mêmes que celles gravées sur la bague de Sakura.

Logan et Sakura s'en saisissent en même temps.

– S'il est à Ako, c'est à moi de le prendre ! s'exclame la jeune kendoka en tirant de son côté.

Mais Logan tient bon.

– Et alors ? La dernière fois c'est toi qui as pris le tessen alors qu'il appartenait à MON samouraï, rétorque-t-il en tirant l'étui vers lui.

– Attention ! crie Léon. Vous allez l'abîmer !

Soucieux de protéger l'étui d'Ako, Léon pose la main dessus pour le leur reprendre.

Immédiatement, leurs anneaux se mettent à étinceler. D'une lumière si puissante qu'ils sont obligés de fermer les yeux.

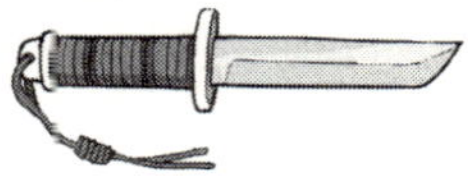

5
Au sommet de la falaise

Quand Léon relève les paupières, il constate qu'ils ne sont plus dans la salle d'exposition.

Logan a toujours l'étui à la main, Sakura tient l'origami, mais ils ne sont plus en kimono et portent maintenant de légers vêtements de coton. De couleur ocre, leurs tenues sont composées d'une courte veste et d'un pantalon resserré à mi-mollet.

À leurs pieds, de simples sandales de paille leur servent de souliers tandis qu'un large chapeau conique, retenu par un lien passé autour de leur cou, pend dans leur dos.

– On est drôlement moins chics que les autres fois, remarque Léon.

– Ouais, non seulement on ne ressemble pas du tout à des samouraïs, mais en plus on sent le poisson, constate Logan en fronçant les narines.

Si les garçons semblent dépités, Sakura ne peut cacher sa joie.

– On n'est peut-être pas très chics mais, au moins, on est libres de nos mouvements.

– Et c'est tant mieux, poursuit Léon en grimaçant. Parce que ce n'est pas le moment de trébucher. Regardez derrière vous...

Logan et Sakura se retournent et poussent un cri de surprise.

Ils sont au sommet d'une falaise surplombant la mer.

En contrebas, il y a une plage. Quelques maisonnettes sont réparties autour d'un ponton de bois qui s'avance dans les flots.

Une dizaine d'habitants, vêtus exactement comme eux, vaquent à leurs occupations. Certains réparent des filets tandis que d'autres font sécher des poissons sur des tréteaux de bois.

– On dirait le même village que sur le tableau, remarque Sakura en reculant prudemment d'un pas.

Avec ses yeux clairs, Logan a du mal à ouvrir les yeux. Le soleil, très bas sur la mer, est éblouissant.

– J'aurais bien aimé avoir mes lunettes de soleil...

– Fais comme moi, ça ira mieux, lui conseille Léon.

Le jeune judoka a mis son chapeau. Il joint les mains et salue son camarade avec ostentation.

– Honorable Logan-san.

– Honorable Léon-san, l'imite aussitôt Logan en rigolant.

Les grandes bordures de paille dissimulent leurs visages. Si Logan n'était pas un peu plus grand que Léon, on aurait du mal à les distinguer.

– De vrais Japonais, s'amuse Sakura en mettant elle aussi son chapeau.

– C'est tant mieux… comme ça, on sera plus difficiles à repérer, conclut Logan.

– D'ailleurs, on devrait descendre avant qu'il arrive…

Léon ne précise pas qui est ce « il ». C'est inutile. Ses camarades ont très bien compris qu'il faisait allusion au ninja noir.

Les garçons se dirigent sans attendre vers la falaise. Mais Sakura reste en arrière.

Pour accéder au village, il n'existe qu'un chemin : un minuscule sentier serpentant au flanc de la falaise.

– Vous êtes sûrs de vouloir descendre ? Le tanto est peut-être caché dans les arbres, avance la jeune fille en désignant le côté opposé.

Logan et Léon se retournent. Derrière eux, il y a une forêt de conifères. Ils sont immenses et si épais que les rayons du soleil peinent à traverser leurs branchages.

Logan soupire. Si l'arme d'Ako est cachée dans ces bois, jamais ils ne la retrouveront.

– N'importe quoi, rétorque le garçon. La légende parle d'une pêcheuse, pas d'une bûcheronne.

– Il a raison, insiste Léon. C'est pour ça que l'origami avait la forme d'une barque. L'indice désigne la mer.

Sakura sait bien qu'ils ont raison. Si elle préfère aller dans le bois, c'est pour un autre motif.

– J'ai… j'ai le vertige, finit-elle par avouer. Allez-y sans moi, j'y arriverai jamais.

Persuadée qu'ils vont se moquer d'elle, Sakura serre les poings pour empêcher ses larmes de couler.

Mais Léon l'encourage.

– Hors de question de te laisser là. Un samouraï n'abandonne pas ses coéquipiers, c'est la base. On va t'aider. N'est-ce pas, Logan ?

Le jeune karatéka approuve sans hésiter.

– Tu n'as qu'à mettre la main sur mon épaule. Je vais passer devant, et Léon sera juste derrière toi. Surtout ne regarde pas en bas… mais n'en profite pas pour mater mes fesses, ajoute le garçon en roulant les yeux d'un air comique.

En voyant les efforts que fait son ami pour la faire sourire, Sakura retrouve un peu de courage. Elle fait un pas. Mais malgré la mise en garde de Logan, son regard se pose sur la plage en contrebas. Elle s'arrête net.

C'est vraiment haut. Trop haut.

– Si je tombe, je m'écrase comme une crêpe, murmure la jeune fille terrorisée.

– T'inquiète, on ne te laissera pas tomber, la rassure Logan.

– Ouais. Une crêpe géante, c'est tentant, mais sans chocolat, c'est naze, ajoute Léon.

Hésiter plus longtemps mettrait ses amis en danger. Sakura prend sur elle et les trois amis amorcent leur descente.

Heureusement, le chemin est moins dangereux qu'ils l'avaient cru. Large d'un bon mètre, il n'est pas trop caillouteux et la pente est relativement douce.

Cette fois, Sakura ne quitte pas des yeux le dos de Logan. Sa main sur l'épaule de son ami est si crispée que ses phalanges sont presque blanches. Pourtant, même si ses jambes tremblent, la jeune fille réussit à mettre un pied devant l'autre.

– Regardez ! dit soudain Léon. Je crois que les villageois nous ont vus.

En bas, les habitants ont cessé leurs occupations. La tête levée vers eux, ils leur font de grands gestes.

– T'as vu, ils sont sympas, ils nous souhaitent la bienvenue, dit Logan.

– On dirait plutôt qu'ils nous montrent quelque chose…, murmure Léon.

Un mauvais pressentiment pousse Sakura à observer le haut de la falaise.

– Le ninja !

Quand ses amis lèvent la tête, ils ne voient rien. Pourtant, même si ça n'a duré qu'une fraction de seconde, Sakura n'a aucun doute.

– Je vous assure, je l'ai vu !

– Tu en es vraiment sûre ? Avec ce contre-jour, c'est difficile de distinguer quelque chose, la contredit Logan qui aimerait beaucoup qu'elle se trompe.

Un grondement sourd empêche Sakura de lui répondre.

– Là ! Regardez ! crie Léon en désignant les hauteurs.

Sur la falaise, le ninja est à présent bien visible. Arc-bouté contre un énorme rocher, il pousse celui-ci vers le vide… directement dans leur direction.

Pendant quelques secondes, l'énorme pierre oscille. Puis, elle bascule en avant.

– Attention ! hurle Léon en poussant Sakura vers Logan.

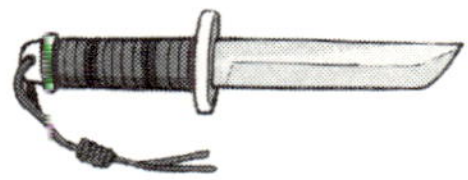

6
Le grand saut

Agrippée à Logan, Sakura écarquille les yeux.

À l'endroit où elle se tenait il y a moins d'une seconde, le chemin a disparu, emporté par le rocher. Il n'en reste qu'une étroite bordure.

– Heuuuuu… Sakura, je sais que je suis irrésistible, mais si tu pouvais me lâcher…

La jeune fille s'écarte vivement en rougissant. Mais elle n'a pas le temps de répliquer car Léon se met à crier :

– Aidez-moi !

– Je veux bien… mais t'es où ? demande Logan.

– Sous vos pieds, bande d'idiots !

Emporté par son élan, leur ami a glissé le long de la falaise. Seuls ses doigts, accrochés au rebord du chemin, sont encore visibles.

Logan se précipite pour attraper sa main et se met à tirer. Il souffle, bande ses muscles, pousse sur ses jambes. Mais rien à faire. Ses sandales glissent sur la surface rocheuse en l'attirant vers le vide.

– Sakura, viens m'aider !

La peur dans la voix de Logan agit sur la jeune fille comme un électrochoc. Oubliant un instant son vertige, elle s'approche du trou surplombant la mer.

– Prends son autre main et tire avec moi, lui ordonne Logan.

Unissant leurs forces, Sakura et Logan hissent leur camarade jusqu'à eux.

– Eh bien, c'était moins une, soupire Léon en se redressant.

Il n'a pas le temps de les remercier.

Fendant l'air, une flèche arrive droit sur eux.

– Attention ! hurle encore une fois Léon en poussant ses amis sur le côté.

La flèche se fiche à quelques centimètres de leurs pieds.

Adossés à la paroi, ils n'osent plus bouger.

– Il faut qu'on file d'ici avant de se faire embrocher ! panique Logan.

Comme pour confirmer ses propos, deux nouvelles flèches viennent se briser à côté de la première.

– Son angle n'est pas très bon. Si on reste contre la falaise, on devrait pouvoir éviter les tirs, le rassure Sakura. Mais on ne peut pas rester là...

Sous le sifflement des flèches rebondissant près d'eux, les enfants reprennent leur descente.

Comprenant qu'il n'arrivera à rien de cette manière, leur ennemi change de tactique. Le ninja abandonne son arc, saute sur le chemin et se met à courir.

– Il faut rejoindre le village avant qu'il nous rattrape. Et vite ! crie Logan en s'élançant.

Léon et Sakura lui emboîtent le pas. Les trois amis courent le plus vite qu'ils peuvent.

Mais ce n'est pas suffisant.

Bondissant par-dessus les obstacles, le ninja noir est aussi rapide qu'un guépard. Il file deux fois plus vite qu'eux. Sur ce chemin étroit, il ne lui faudra qu'une poignée de secondes pour les rattraper.

Léon décroche l'étui d'Ako de sa ceinture et le donne à Sakura.

– Glisse l'origami dedans et passe devant, lui ordonne-t-il en tirant Logan par la manche.

La jeune fille obéit sans discuter. Elle enfonce l'origami dans l'étui et prend la tête de leur groupe.

Montrant discrètement Sakura à Logan, Léon fait un signe en direction du vide. Sur cette portion du chemin, la falaise plonge à pic dans la mer. L'eau est à plus de vingt mètres.

Léon se souvient du tableau. Si sa mémoire est bonne, ils vont passer pile à l'endroit d'où les plongeurs s'élançaient dans les flots.

– Si on veut échapper au ninja, il faut sauter, murmure-t-il à Logan.

Son camarade grimace.

– Sakura ne voudra jamais.

– C'est pour ça qu'on ne va pas lui laisser le choix.

Logan n'aime pas trop cette idée mais, quand il découvre que le ninja n'est plus qu'à quelques mètres, il change vite d'avis.

Léon remonte à la hauteur de la jeune fille et passe son bras sous le sien.

– Sakura, quand on sera en l'air reste la plus droite possible, d'accord ? lui conseille-t-il.

– Quand on sera en l'air ? répète Sakura sans comprendre.

– Et n'oublie pas de prendre ta respiration, ajoute Logan en attrapant son autre bras.

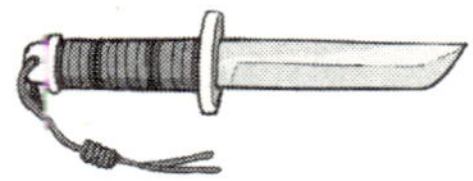

7
La sirène

Quand Léon émerge, son premier réflexe est d'inspirer à pleins poumons. Ils se sont enfoncés si profondément que la remontée lui a semblé interminable.

La mer est parcourue d'une légère houle. Il est à quelques mètres de la falaise. Au loin, une barque dérive lentement. Mais où sont passés les autres ?

– Logan, Sakura ! hurle Léon.

Immédiatement, une voix lui répond :

– Pas la peine de crier. Je suis là.

Logan, moins de cinq mètres derrière lui, le rejoint en quelques brasses.

– Où est Sakura ? s'inquiète Léon.

Son ami secoue la tête.

– J'ai tellement flippé que je n'ai pensé qu'à remonter.

– Moi c'est pareil… mais elle devrait être avec nous.

Léon replonge la tête sous l'eau et écarquille les yeux.

Très vite, il repère la jeune fille. Elle flotte mollement une dizaine de mètres en dessous d'eux.

– Elle a dû s'assommer à l'impact. Je vais la chercher !

Léon prend une grande inspiration et, sous le regard médusé de Logan, il s'enfonce dans les flots.

Le garçon est un excellent nageur. Comme ses parents ont une piscine il a pris des cours très jeune. Avant de faire du judo, Léon faisait même partie du club de natation de son école et a remporté plusieurs compétitions.

Sa brasse, puissante, l'entraîne rapidement dans les profondeurs.

Dès qu'il atteint Sakura, il l'attrape par la taille et fait demi-tour.

Jamais il n'a plongé aussi profond.

La pression lui fait mal aux tympans, il entend le sang battre dans ses tempes comme un tambour. Ses poumons lui brûlent mais il ne lâche rien. Concentré sur l'eau bleu clair de la surface, il remonte le plus vite possible.

Il ne peut nager que d'une main, le poids de Sakura le ralentit. Il ne quitte plus les jambes de Logan des yeux. Il refuse d'abandonner son amie.

Ses mouvements sont de plus en plus lents. À cause du manque d'oxygène, des papillons noirs commencent à lui brouiller la vue.

Tout à coup, son cœur fait un bond dans sa poitrine. Là-haut, une forme sombre s'approche de Logan. Une forme ovale qui file à toute vitesse.

Immédiatement, l'image d'un requin apparaît dans l'esprit du garçon. Un cauchemar qu'il fait souvent depuis qu'il a regardé en cachette *Les dents de la mer* avec des copains.

Quand les jambes de Logan disparaissent d'un seul coup, il cesse de nager.

Dans un bouillonnement de bulles, quelque chose se dirige droit sur lui.

Paniqué, Léon ne sait plus quoi faire. Par réflexe il serre Sakura dans ses bras. C'est un geste dérisoire mais il a trop peur de la lâcher. De toute manière, il n'a presque plus d'oxygène.

La chose se rapproche.

Quand les milliers de bulles disparaissent, Léon écarquille les yeux. Ce qu'il découvre est encore plus incroyable qu'un requin.

C'est une jeune fille. Il n'en a jamais vu d'aussi belle. Ses longs cheveux noirs volent librement autour d'elle. Torse nu, elle n'est vêtue que d'une sorte de pagne blanc retenu à la taille par une ceinture de cuir où est accroché un poignard.

La jeune fille tend les bras, attrape Sakura d'une main, Léon de l'autre. Et elle les entraîne vers la lumière.

Quand sa tête crève enfin la surface Léon inspire de toutes ses forces. L'air se précipite dans ses poumons avec la violence d'un raz-de-marée. Il tousse et aspire de grandes goulées d'air sans pouvoir s'arrêter.

– La vache, tu m'as foutu une de ces trouilles, lui dit Logan en lui tendant la main.

La forme sombre qu'il avait prise pour un requin est une simple barque.

S'aidant des pieds, Léon grimpe à son tour dans l'embarcation.

Leur sauveteuse a déjà allongé Sakura sur le plancher de bois. Penchée sur elle, la femme pince ses narines. Puis, elle bascule sa tête inerte en arrière, pose ses lèvres sur les siennes et souffle profondément dans sa gorge.

Au collège, Léon et Logan ont tous les deux suivi une formation sur les gestes qui sauvent. Mais les voir pratiqués sur une vraie personne est beaucoup plus impressionnant que sur un mannequin... surtout quand cette personne est une amie.

Heureusement, assez rapidement, Sakura se met à tousser.

Penchée sur le côté, la jeune kendoka n'a pas l'air au meilleur de sa forme. Elle recrache des litres d'eau, tousse et remue dans tous les sens. Ses amis ont beau lui dire de se tenir tranquille elle refuse de rester allongée.

Agrippée au rebord de la barque, elle finit par se redresser et pointe un doigt tremblant sur la mer.

– L'étui d'Ako. Je l'ai lâché... il est au fond de l'eau.

8
Otohime

Quand Sakura prononce le prénom d'Ako, la pêcheuse sursaute.

– Ako ? Ako Minamoto ? dit-elle en attrapant la main de Sakura.

Surprise qu'elle connaisse le nom de la samouraï, Sakura écarquille les yeux sans lui répondre. Mais la pêcheuse insiste :

– Ako Minamoto ! Tu connais Ako ?

Cette fois-ci, c'est à Sakura de sursauter.

– Mais ? Vous parlez français ?

La plongeuse secoue la tête.

– Non. C'est le pouvoir de l'anneau.

À l'annulaire droit de Sakura, le bijou aux fleurs de cerisier brille de mille feux.

Pour observer ce phénomène de plus près, la jeune fille lâche la main de la pêcheuse pour lever la sienne. Aussitôt, l'anneau s'éteint et, quand la plongeuse se remet à parler, Sakura l'entend distinctement s'exprimer en japonais.

– Qu'est-ce qu'elle dit ? lui demande Léon.

– Aucune idée, comme pour l'acteur de nô, son japonais ne ressemble pas à celui qu'on utilise aujourd'hui, je ne comprends qu'un mot sur dix, soupire Sakura. Mais je vais tenter un truc, dit-elle en reprenant la main de la pêcheuse dans la sienne.

Aussitôt, son anneau se remet à briller et les paroles de la jeune femme repassent en français.

– Posez vos mains sur les nôtres ! demande Sakura aux garçons. Vous allez voir, c'est un truc de malade !

Les garçons s'exécutent. Leurs anneaux s'illuminent et, dès que la pêcheuse ouvre à nouveau la bouche, Léon devine ce qui se passe.

– Nos anneaux ont un pouvoir de traduction instantanée, c'est ça ? demande-t-il à la jeune femme.

La plongeuse acquiesce en souriant puis incline profondément la tête pour les saluer.

– Je suis Otohime. Ako était mon amie.

– Alors tu as son arme ! la coupe aussitôt Logan en tendant la main vers le poignard qu'elle porte à la ceinture.

– Malheureusement non.

– Mais où est-elle alors ? s'inquiète Sakura.

La jeune femme pousse un long soupir. Visiblement, elle n'a pas très envie de répondre à sa question.

– C'est important, on n'a pas trop de temps devant nous, insiste Léon en jetant un coup d'œil vers les falaises.

Poussée par le jeune judoka, Otohime finit par raconter son histoire.

– Avant d'être une simple pêcheuse, j'étais la fille d'un haut fonctionnaire impérial. Ako était mon amie. Quand sa famille a été attaquée par les rônins, j'étais chez elle, en compagnie de ses frères et d'un de leurs amis.

– Umewaka Minoru ? L'acteur de théâtre nô ? ne peut s'empêcher de lui demander Logan.

Surprise, Otohime se retourne vers lui.

– Oui, mais comment savez-vous son nom ?

Léon se charge de le lui expliquer.

– Nous l'avons rencontré lors de notre dernier voyage, c'est lui qui nous a donné le tessen de Hiro.

– Ainsi, il a réussi sa mission, soupire la plongeuse. Si seulement je pouvais vous dire la même chose.

En voyant l'ombre de tristesse envahir le visage de la jeune femme, les garçons n'osent plus dire un mot. Doucement, Sakura la presse de leur en dire plus.

– Ce soir-là, de la même manière que Hiro confiait son tessen à Umewaka Minoru, Ako me demanda de fuir et de cacher son tanto jusqu'à ce que ses messagers viennent me le réclamer. Malheureusement, mon bateau fut pris dans une tempête et se fracassa sur les falaises que vous voyez derrière vous. Les pêcheuses de ce village m'ont recueillie et appris le métier d'*ama*. C'était il y a plus de cinq ans. Depuis, je plonge chaque jour pour retrouver l'arme d'Ako. Mais j'ai échoué dans ma mission, conclut-elle doucement.

Voyant sa tristesse, Sakura tente de la rassurer.

– On est là maintenant, on va t'aider à le retrouver. N'est-ce pas, les garçons ?

Si Léon hoche aussitôt la tête avec vigueur, Logan est plus prudent.

– Mais comment on va faire ? C'est grand la mer...

– Si ça se trouve, il y a des indices sur l'origami, ou sur l'étui. Tout à l'heure, on a regardé très vite... on est peut-être passés à côté de quelque chose ? suggère Léon.

Sakura consulte Logan du regard. Ni l'un ni l'autre ne sont convaincus par cette idée. Mais c'est la seule qu'ils ont et le temps presse.

– Otohime, tu pourrais plonger et nous remonter l'étui du poignard d'Ako ? demande Sakura à la jeune femme.

Contente de leur être utile, celle-ci hoche la tête, lâche leurs mains et plonge dans les profondeurs.

9
L'anneau des mers

Penchés sur le rebord de bois, les trois amis guettent le retour de la plongeuse. Le soleil, de plus en plus bas, a pris des teintes orangées.

Ils n'ont plus beaucoup de temps. Il est impératif qu'ils retrouvent le poignard d'Ako avant que le soleil se couche.

Toujours aucune trace d'Otohime.

– C'est trop long… elle a peut-être fait un malaise, s'inquiète Léon.

– Va la chercher… comme ça, tu pourras lui faire du bouche-à-bouche, répond Logan en rigolant.

Léon grimace.

– N'importe quoi, t'es vraiment trop bête.

– N'empêche, t'es tout rouge, se moque Logan.

Exaspérée, Sakura lève les yeux au ciel.

– Hé ! Logan, tu arrêtes un peu de l'embêter ? Si tu crois que c'est le moment de…

Heureusement pour lui, Sakura est interrompue dans sa leçon de morale.

– Regardez ! Otohime est revenue ! crie Léon.

Les amis se précipitent vers le bastingage.

La plongeuse a enfin émergé. Un grand sourire illumine son visage. Quand elle lève le bras au-dessus des flots, ils reconnaissent l'étui du tanto d'Ako.

– Bravo ! s'exclament-ils en chœur.

Souplement, la pêcheuse grimpe dans la barque et tend son trophée à Sakura. L'origami est toujours à l'intérieur.

Précautionneusement, la jeune fille le tire hors de l'étui.

– Il est complètement trempé, soupire-t-elle en le dépliant face aux derniers rayons du soleil.

– Et alors ? s'étonne Logan. De toute manière, il n'y a rien d'écrit dessus. On s'en fiche.

Sakura va jeter le papier quand Léon la retient.

– Regarde… on dirait qu'il y a des mots en transparence.

Ils doivent plisser les yeux pour les voir mais Léon a raison : il y a bien un message sur l'origami.

– C'est du gras, comme de la cire de bougie, constate Logan. C'est pour ça qu'on ne l'avait pas vu. Mais maintenant que le reste est mouillé, c'est très net.

– Oui. Tu as raison. C'est comme la dernière fois. Il est écrit en japonais mais je peux comprendre la fin, dit Sakura.

– Et moi le début ! s'exclame Logan. Attendez, je vous le lis : « Guidé par l'anneau des mers et son porteur…

Léon prend immédiatement la suite.

– … l'étui vous mènera à l'âme qui dort au fond des mers.

– Mais prenez garde au ninja noir et à son visage trompeur », conclut Sakura.

– L'anneau des mers ? C'est quoi ce truc ? demande Léon.

– Eh bien, déjà, c'est pas celui de Sakura, rétorque Logan.

– Parce que je suis une fille ? s'indigne la kendoka.

– Mais non, banane, parce que les fleurs de cerisier ça ne pousse pas dans l'eau, la mouche Logan du tac au tac.

Le garçon tend la main. Il en est certain, son anneau dragon est celui dont parle le message.

Mais avant qu'il puisse saisir l'étui, Otohime prend la main de Léon. Immédiatement son anneau s'illumine.

– L'anneau des mers est celui du crabe. C'est à toi de retrouver le tanto d'Ako, lui dit la pêcheuse en lui tendant l'étui.

Léon ouvre des yeux ronds.

– Moi ! Mais comment ? C'est beaucoup trop profond !

– Je t'aiderai. Nous plongerons ensemble et l'étui nous guidera. Mais la nuit sera bientôt là. Il ne faut pas perdre une seconde.

Joignant le geste à la parole, Otohime passe les jambes par-dessus le bastingage et se glisse dans l'eau.

– Bon, eh bien, y a plus qu'à espérer que la fonction GPS de mon anneau soit bien activée, soupire Léon avant de plonger.

La pêcheuse l'attend à quelques mètres de la surface. Avec ses longs cheveux flottant autour d'elle comme s'ils étaient vivants, elle ressemble vraiment à une sirène.

Léon pointe l'étui devant lui, il espère de tout son cœur que celui-ci les guidera vers l'arme d'Ako.

Tout à coup, alors qu'il le déplace vers la falaise, son anneau se met à briller. Comprenant que cette lumière leur indique la direction à suivre, Otohime et lui se mettent en route.

10
Au fond de la grotte

La nuit semble s'être abattue dans les profondeurs. Le soleil est presque couché et la visibilité est de plus en plus incertaine.

Suivi de près par Otohime, Léon ne quitte pas son anneau des yeux. Dès que celui-ci s'éteint, il dévie pour rester dans la bonne direction.

Il serait incapable de dire depuis combien de temps ils sont sous l'eau. Ni combien d'allers-retours à la surface ils ont effectués pour reprendre de l'air. Mais même si sa tête commence à tourner, il n'abandonne pas.

À force de nager ils sont arrivés contre la falaise. Battue par les vagues, celle-ci semble vouloir les avaler. Sans l'aide de la plongeuse *ama*, Léon aurait du mal à ne pas se laisser entraîner par les tourbillons formés par les remous.

Constatant son épuisement, Otohime le hisse sur un rocher et grimpe à ses côtés.

– Je ne comprends pas, soupire Léon. L'étui continue d'indiquer la direction de la falaise alors qu'on ne peut plus avancer.

– Alors le tanto doit être dans la grotte.

– La grotte ? Mais je n'ai pas vu de grotte, s'étonne Léon.

– C'est normal, c'est une grotte sous-marine et son entrée est cachée par des algues.

Léon déglutit. Même si c'est un très bon nageur, l'idée de plonger dans une grotte submergée ne lui fait pas très envie. Il cherche Sakura et Logan du regard.

Debout sur la barque, ils rament pour les rejoindre. Malheureusement, ils ne sont pas en rythme et avancent à une vitesse d'escargot.

– Il vaut peut-être mieux les attendre, dit le garçon.

Otohime secoue la tête.

– Nous n'avons pas le temps. Je vais te montrer le chemin puis je remonterai pour les guider. Mais tu dois commencer seul à chercher l'arme d'Ako.

– J'ai peur de ne pas pouvoir retenir ma respiration assez longtemps, s'inquiète Léon.

Mais Otohime le rassure.

– L'entrée de la grotte est sous l'eau mais, une fois à l'intérieur, tu peux marcher et respirer normalement.

Au loin, le soleil a commencé à descendre dans la mer. Écarlate, il lance ses lueurs rouges et orange sur les flots. On dirait que la mer prend feu. Dans quelques minutes, il fera nuit.

Après un dernier regard vers ses amis, Léon inspire profondément et plonge derrière Otohime.

Ils descendent de quelques brasses avant de s'arrêter face à la paroi. Poussées par les remous, de grandes algues brunes et vertes ondulent doucement sur la roche. Sans hésitation, Otohime les soulève. L'entrée est là.

Léon s'engage dans le long boyau ténébreux. La lueur de sa bague lui permet de se diriger sans se cogner. Au bout de cinq mètres à peine, le corridor s'élargit et le garçon émerge dans une grotte à l'air libre.

– Waouh ! C'est incroyable, s'exclame-t-il en découvrant les lieux.

Creusé dans le plafond, un puits de lumière apporte les dernières lueurs du jour. L'endroit est magnifique mais Léon n'est pas là pour faire du tourisme.

Se reconcentrant sur sa mission, il pointe l'étui d'Ako autour de lui et suit la direction indiquée par son anneau. Celui-ci l'entraîne à la limite de l'eau dans le recoin le plus sombre.

Dans cette zone, tout un tas de cailloux semble avoir dégringolé de la paroi.

Léon les déplace un à un.

Et c'est alors qu'il le voit. Le tanto d'Ako est enfoncé profondément entre deux rochers. Seule sa poignée est visible.

Pressé de le dégager, Léon enlève les dernières pierres quand des bruits résonnent dans son dos. Persuadé que ses amis sont enfin arrivés, il arrache l'arme de sa prison de pierres et la brandit fièrement.

– Regardez ! Je l'ai trouvée…

Mais quand il découvre qui se tient derrière lui, il pousse un hurlement de terreur.

Profitant de l'ouverture dans le plafond, le ninja noir s'est laissé glisser au sol grâce à un long filin.

C'est la première fois que Léon le voit d'aussi près. Ses yeux noirs, aux paupières légèrement bridées, sont fixés sur lui. Le reste de son visage est totalement masqué.

Pourtant le garçon a une étrange sensation. Comme s'il avait déjà croisé ce regard. Menaçant, le ninja s'avance d'un pas.

– Donne-moi ce tanto.

Il tend la main. Une main fine où brille un anneau d'or.

Léon glisse un regard derrière le ninja. Il aimerait y découvrir Logan, Sakura et Otohime. Mais la surface de l'eau est désespérément vide.

– Ne m'oblige pas à venir te le prendre, gronde le ninja en faisant un pas de plus.

Il faut gagner du temps.

Léon glisse le tanto dans son étui et le coince dans la ceinture de son pantalon. Puis, il fléchit légèrement les jambes, lève les bras et se met en garde.

– Si tu le veux tant que ça, viens le chercher !

Lentement, comme s'il était en compétition, le jeune judoka se déporte sur la droite. Comme il l'espérait, le ninja suit son mouvement. Sans se quitter des yeux, les deux combattants entament une lente rotation.

– Tu n'as aucune chance, ironise le ninja. Tu ferais mieux de me donner ce que je veux avant d'avoir mal.

Mais Léon secoue la tête.

– Même pas en rêve. Un samouraï n'abandonne pas sa mission ! lance le garçon d'un air bravache.

Le ninja éclate de rire.

– Parce que tu crois vraiment que TOI tu es un samouraï ? Franchement, regarde-toi...

Vexé, Léon réplique du tac au tac.

– Tu peux toujours rigoler mais grâce à ce tanto, Sakura, Logan et moi allons devenir de vrais samouraïs... et ce n'est pas un sale ninja minus dans ton genre qui va nous en empêcher !

Pour appuyer ses propos, Léon pose sa main droite à hauteur de son cœur.

En découvrant l'anneau qui brille autour de son annulaire, le ninja éclate de rire.

– Parce que tu crois que porter l'anneau d'Eiko Minamoto suffit à faire de toi un samouraï ? Allez, donne-moi ce tanto avant de perdre plus qu'une simple mèche de cheveux.

11
Sous le masque du ninja

En entendant la dernière remarque du ninja, Léon fronce les sourcils.

À part Logan et Sakura, personne n'était là quand la flèche de Tomoe Kamara avait emporté sa tresse. Comment son ennemi peut-il être au courant ?

– Je ne comprends pas pourquoi vous détestez autant les samouraïs. Vous pratiquez les arts martiaux, vous devriez respecter les mêmes valeurs, lance Léon pour gagner du temps.

Le ninja serre les poings. Derrière le masque noir, ses yeux brillent de colère.

– Quelles valeurs ? Où étaient les samouraïs quand le seigneur de mon ancêtre a décidé de lui voler son épouse ? Yoshigori a eu beau les supplier de l'aider, pas un de ses soi-disant frères d'armes n'a levé le petit doigt. Ils l'ont renié alors qu'il n'avait rien fait de mal.

Alors il a juré de se venger. Aujourd'hui, je suis là pour tenir sa promesse…

« Yoshigori… »

Le prénom prononcé par son adversaire résonne dans l'esprit de Léon et efface d'un seul coup ses derniers doutes. Il se souvient de l'histoire que leur a racontée maître Saburo dans la salle de méditation… mais aussi de la ressemblance que Logan avait remarquée entre le portrait du samouraï déchu et Tomoe Kamara.

Mais il n'a pas le temps de réagir.

Vif comme une panthère, le ninja se jette sur lui, le saisit par les revers de sa veste, balaie ses jambes et le jette au sol.

Immobilisé sur le dos par le poids de son adversaire, Léon gémit. Sa chute, violente, l'a légèrement étourdi. Le sol pierreux de la grotte n'est pas aussi souple qu'un tatami.

Incapable de réagir, il sent le ninja glisser sa main sous sa veste et s'emparer du tanto d'Ako.

– Je t'avais dit de me le donner. Si tu avais obéi tu te serais épargné bien des souffrances, murmure le ninja à son oreille.

– Un samouraï n'abandonne jamais. Il a le sens de l'honneur. Pas comme toi… Tomoe Kamara, crache le garçon à son ennemi.

La ninja sursaute.

Sa surprise ne dure qu'une seconde mais c'est suffisant pour Léon. Comme il l'a appris avec son sensei, le jeune judoka s'enroule autour de son adversaire et la retourne brusquement.

Utilisant tout son corps, il pèse sur la ninja, mais celle-ci est bien trop forte et réussit à lui échapper. Dans un sursaut, Léon tend la main et arrache le masque de son adversaire.

– Maître Saburo ne vous le pardonnera jamais, crie Léon en découvrant le visage de Tomoe Kamara.

Mais la grande championne de kendo sourit.

– Encore faudrait-il qu'il soit au courant...

– Parce que vous croyez que nous allons garder le secret ? s'étonne Léon.

La jeune femme recule lentement vers son filin en agitant doucement l'arme d'Ako devant elle.

– Et vous comptez rentrer comment ?

Comprenant que, sans le tanto, ses amis et lui sont condamnés à rester dans le passé, Léon blêmit. Rester coincé pour toujours à une époque sans pizzas, sans burgers et sans pop-corn ? Impossible !

La peur lui donne des ailes. Tête la première, Léon plonge vers Tomoe Kamara. Évitant l'impact de justesse, la ninja l'attrape par le col de son vêtement, le fait basculer autour de ses épaules et le jette contre la paroi de pierre.

La douleur le transperce comme une décharge électrique, un rocher plus pointu que les autres a déchiré sa veste et entamé sa chair. Mais Léon n'abandonne pas pour autant.

– Vous ne partirez pas avec ce tanto. Nous ne vous laisserons pas faire, la menace-t-il sans s'attarder sur sa blessure.

Amusée, la ninja agite le poignard au-dessus de sa tête.

– Parce que tu crois pouvoir me le reprendre ?

Concentrée sur Léon, la championne n'a pas vu qu'une ombre s'était glissée hors de l'eau derrière elle.

– Lui, non, mais moi, oui ! hurle Logan en lui arrachant le tanto.

Sakura émerge au même instant et se précipite pour les aider.

– Attrape ! crie le karatéka en lui lançant l'arme d'Ako.

La jeune fille plonge en avant et rattrape le tanto au vol.

La ninja se précipite sur elle.

– Raté ! s'exclame Sakura en relançant l'arme à Léon.

Comme s'ils jouaient à la balle, les trois amis se passent et se repassent le tanto avec agilité.

Tomoe Kamara ne sait plus où donner de la tête, elle saute de droite à gauche sans réussir à reprendre l'arme. Dans la grotte de plus en plus sombre, c'est à peine si elle distingue les mouvements des enfants.

– Encore raté, se moque Léon en relançant à Logan.

– Pas assez rapide, ajoute Logan en passant à Sakura.

La ninja n'en peut plus.

– Satanés gamins ! Donnez-moi immédiatement cette arme, ou je vous cloue au mur les uns après les autres !

La rage lui fait perdre son calme.

Un shuriken dans chaque main, elle s'avance vers Sakura. Coupée dans son élan, la jeune fille trébuche et lâche l'arme. Le poignard tombe aux pieds de Tomoe Kamara. Vive comme l'éclair, la ninja se précipite, mais avant qu'elle puisse s'en saisir, Otohime surgit hors de l'eau et la plaque sur le sol.

Le cri que pousse la plongeuse est si puissant que quelques pierres se détachent du plafond. Sakura est trop loin d'elle pour saisir sa main et déclencher le pouvoir de l'anneau mais elle n'a pas besoin de traduction pour comprendre le message que veut lui faire passer l'amie d'Ako.

– Léon ! Logan ! Vite ! Il faut en profiter pour partir ! crie Sakura en se jetant sur le tanto.

Si Logan, trop content de pouvoir rentrer au dojo, pose la main sur l'arme d'Ako sans discuter, Léon ne peut s'empêcher de glisser un regard vers Otohime.

– On ne va pas l'abandonner, tout de même !

– T'inquiète, elle a l'air de s'en sortir très bien toute seule, lui rétorque Logan.

Forte de ses années à plonger dans les profondeurs de la mer du Japon, la jeune femme a serré ses bras autour de Tomoe Kamara.

Léon hésite. La ninja peine à desserrer son étreinte, mais il ne fait aucun doute qu'elle finira par réussir à reprendre le dessus.

– Tomoe Kamara n'aura aucune raison de rester ici si nous ne sommes plus là, dit Sakura en attrapant la main de Léon. Le mieux qu'on puisse faire pour aider Otohime, c'est de partir.

L'argument fait mouche.

Sans plus résister, Léon pose à son tour sa main sur le tanto d'Ako et un éclair de lumière jaillit aussitôt de leurs anneaux.

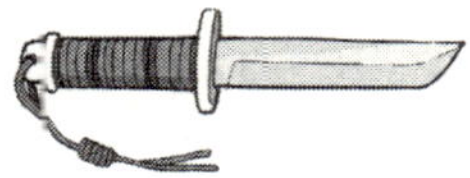

12
Révélation

Quand ils ouvrent les yeux, les trois amis sont de retour dans la salle d'exposition du dojo, et portent leurs vêtements habituels. Mais ils ne sont pas seuls.

Maître Saburo, les bras croisés, observe un support vide dans une vitrine. C'est celui de l'étui décoré de fleurs de cerisier que ses stagiaires ont utilisé pour voyager dans le passé.

Étrangement, le sensei n'a pas l'air surpris par leur apparition.

– Où est-il ? leur demande-t-il sans préambule.

Les amis échangent un regard. Dans le feu de l'action, aucun d'eux n'a pensé à reprendre l'étui, qui est resté là où Léon l'avait lâché pour se battre avec la ninja.

Le jeune judoka, gêné, lui explique qu'ils l'ont perdu. Mais maître Saburo secoue la tête.

– Comment ça « perdu » ? Si vous êtes ici, c'est que vous avez trouvé le tanto d'Ako.

Comprenant que leur sensei ne parle pas de l'étui, Sakura s'avance pour lui remettre l'arme mais Léon s'interpose.

– Attends ! Qu'est-ce qui nous prouve qu'il n'est pas de mèche avec Tomoe Kamara ?

– Tomoe Kamara ? Mais que vient faire mon assistante dans cette histoire ? s'étonne le sensei.

– Vous allez nous faire croire que vous ne saviez pas que Tomoe était la descendante de Yoshigori Kamara ? insiste Léon.

Maître Saburo, surpris, fronce les sourcils.

– Bien sûr que je le sais. Je vous ai dit que j'avais créé ce dojo pour les héritiers des samouraïs. Quoi de plus normal que mon assistante en soit une elle aussi. Mais quel rapport ?

Logan ricane.

– Tomoe, une samouraï ? Dites plutôt que c'est une rônin ! Une traîtresse !

Pour maître Saburo, le discours de Logan et de Léon n'a aucun sens.

– Mais enfin, ce n'est pas parce que Yoshigori a été exclu de l'ordre des samouraïs que Tomoe est une traîtresse ! Personne n'est responsable de ses ancêtres !

– Pourtant, c'était bien elle qui se cachait sous le masque du ninja noir ! s'indigne Sakura.

– Elle a même arraché une tresse de Léon avec une de ses flèches, renchérit Logan.

– Et elle nous a balancé un énorme rocher dessus, complète Léon.

Devant l'assurance de ses stagiaires, maître Saburo commence à douter. Mais un détail semble le tracasser.

– Pour que Tomoe puisse vous suivre dans le passé, il faudrait qu'elle possède un anneau magique. Où l'aurait-elle trouvé ?

Logan, se souvenant de ce que le fantôme d'Eiko leur a raconté, ouvre des yeux ronds. Il vient de comprendre d'où pourrait venir l'anneau de Tomoe Kamara.

– Je sais. C'est le quatrième anneau Minamoto. Celui du grand-père de Hiro, Eiko et Ako.

Léon sursaute.

– Mais oui ! Tu as raison. Hiro nous a dit qu'il avait été volé par le rônin qui avait mené l'attaque contre leur famille.

– Du coup, ajoute Sakura, si Tomoe a l'anneau, ça signifierait que...

– Que l'assassin de mes ancêtres était Yoshigori Kamara ! s'exclame maître Saburo.

Léon leur rapporte alors ce que Tomoe lui a dit dans la grotte. Yoshigori avait juré de se venger des samouraïs parce qu'ils l'avaient tous laissé tomber.

Ses paroles viennent confirmer ce qu'ils ont tous deviné et un grand silence tombe alors dans la pièce.

Maître Saburo a l'air totalement dévasté par la trahison de son assistante.

Gênés, les amis ne savent pas quoi dire pour le consoler.

Mais Sakura finit par s'avancer.

– Ce n'est peut-être pas si grave. Après tout, Tomoe n'a pas réussi à s'emparer des armes des trois samouraïs, lui dit la jeune fille en lui tendant le tanto d'Ako.

– Mais j'y pense, ajoute Léon en croisant les bras. Comment ça se fait que vous soyez au courant pour ces armes ? Quand on est arrivés, vous n'aviez pas l'air très surpris.

Devant le visage suspicieux du garçon, maître Saburo ne peut faire autrement que de s'expliquer.

– Je suis au courant parce que, depuis la disparition de l'ordre des samouraïs, ma famille veille sur leur trésor.

– On le sait, vous nous l'avez déjà dit le premier jour du stage, grogne Logan.

– Oui, mais ce que je ne vous ai pas dit, c'est que les fantômes d'Eiko, Hiro et Ako sont venus me parler dans mes rêves. Il y a cinq ans, ils m'ont prévenu que le quatrième anneau sacré avait été utilisé. Qu'un ennemi recherchait les armes de mes ancêtres pour les détruire définitivement et qu'il me fallait former trois nouveaux samouraïs.

– C'est pour ça que vous avez arrêté les compétitions ? Pour créer ce stage et trouver des apprentis ? demande Sakura.

– Exactement. J'invite tous les enfants qui ont un samouraï parmi leurs ancêtres. Mais, en cinq ans, aucun n'a été choisi par les anneaux. J'avais presque perdu espoir quand j'ai découvert que la boîte de laque noire et les anneaux avaient disparu. Là, j'ai su que j'avais enfin trouvé mes apprentis.

– C'est donc vous qui avez glissé l'éventail de papier dans mon casier ! s'exclame Léon.

Maître Saburo hoche la tête.

– Oui, et c'est aussi moi qui vous ai mis sur la piste du tableau avec l'origami de barque.

– Mais, maître Saburo, si vous saviez pour les armes, pourquoi vous ne nous avez pas tout expliqué ? s'étonne Léon. Ça aurait été plus simple.

Mais le sensei secoue la tête.

– Vous deviez franchir vous-mêmes chaque étape. Trouver les anneaux, déchiffrer les origamis, partir à la recherche des armes… chaque épreuve faisait partie de votre formation. Et je dois avouer que vous avez brillamment réussi.

Fiers de ce compliment, les amis se frappent dans la main.

Néanmoins, un détail continue d'intriguer Logan.

– Finalement, c'est quoi ce fameux trésor gardé par les Minamoto ?

Maître Saburo sourit. Ce n'est pas la première fois que le garçon lui pose cette question, mais ce n'est pas à lui d'y répondre.

– Pose plutôt ta question à Ako, lui dit le sensei en s'inclinant profondément.

Les trois amis se retournent d'un bloc.

Derrière eux flotte le fantôme d'une jeune Japonaise en kimono.

Elle semble vivante, pourtant ses contours sont flous et ils peuvent voir les vitrines à travers elle.

– Votre sensei a raison, dit le kami d'une voix douce. Je suis bien la sœur de Hiro et Eiko Minamoto. En retrouvant le tanto que j'avais confié à mon amie Otohime, vous avez libéré mon esprit. Pour vous récompenser, je vais vous remettre les pierres qui feront de vous de véritables apprentis samouraïs.

Le fantôme pose alors ses mains sur celles de Logan et de Sakura.

– Sakura-san, Logan-san. Au cours de vos recherches, vous avez appris à vous parler avec respect et à prendre soin l'un de l'autre. Je vous offre donc la pierre du *rei**, symbole du respect, et celle du *jin**, symbole de la bienveillance des samouraïs.

Leurs anneaux se mettent à briller. Une pierre violette et une pierre orange viennent d'y apparaître.

Le fantôme se retourne alors vers Léon.

– Léon-san. Tu mérites toi aussi les pierres du *rei* et du *jin*. Mais en n'hésitant pas à plonger seul dans les profondeurs pour sauver ton amie, tu as aussi démontré que tu possédais le *yu*, le courage des samouraïs. Celui qui te pousse à te sacrifier pour les autres.

Le fantôme effleure son anneau.

Aussitôt, à côté des pierres violette et orange, la minuscule pierre verte qu'espérait tant Léon apparaît.

Trop impressionnés pour prononcer une parole, Sakura, Logan et Léon saluent Ako avec respect.

13
Une nouvelle mission

Quand ils se redressent, Ako n'est plus seule. Les fantômes de ses frères, Eiko et Hiro, sont à ses côtés. Hiro prend la parole :

– Mes jeunes amis, en libérant nos esprits et en nous réunissant, vous avez achevé votre mission. Vous êtes maintenant des apprentis samouraïs. En tant que fantômes, nos pouvoirs sont grands car nous pouvons traverser le temps et l'espace. Malheureusement, il nous est impossible de lutter physiquement contre nos ennemis. Nous comptons donc sur vous pour nous aider à protéger notre trésor.

– Mais... nous ne sommes que des apprentis, s'inquiète Sakura.

Prenant la place de son frère, le fantôme d'Ako s'avance pour la rassurer.

– Grâce aux sept vertus des samouraïs, vous n'êtes pas des apprentis ordinaires. En restant unis et en continuant à vous entraîner, vous pourrez affronter tous les dangers. Mais, pour vous aider, nous avons un ultime présent.

Eiko, qui était resté silencieux jusqu'à présent, prend alors la parole :

– Le pouvoir des anneaux est puissant. Grâce à eux vous pourrez maintenant comprendre et parler toutes les langues lors de vos missions.

– Sans toucher la personne avec qui on veut parler ? l'interrompt Léon.

Eiko incline la tête.

– Oui, mais ce n'est pas tout. Si le danger est trop grand et que vous avez besoin de soutien, il vous suffira d'appeler l'un d'entre nous pour qu'il apparaisse. Mais faites bien attention, nous ne pouvons pas rester très longtemps dans le monde des vivants et vous ne pouvez convoquer que l'un d'entre nous. Alors réfléchissez bien avant de nous faire venir.

Les trois amis hochent la tête.

– Nous devons partir, leur annonce Ako. Néanmoins, avant de vous quitter, nous vous accordons le droit de nous poser deux questions.

Incapable de se maîtriser, Logan parle sans réfléchir :

– Le pouvoir de traduction, j'ai le droit de l'utiliser pendant les devoirs ?

Sakura lui balance son coude dans les côtes.

– Aïe ! Mais quoi ?

– Enfin, t'es débile ou quoi ? Tu crois vraiment que les anneaux sont là pour nous permettre de tricher ? s'indigne la kendoka.

– En plus, c'est malin, on n'a plus qu'une question, maintenant, grogne Léon.

Penaud, Logan baisse la tête pendant que ses amis demandent des précisions sur la nature du trésor qu'ils doivent protéger.

Hiro se charge de les éclairer.

– Notre bien le plus précieux est le premier texte du Bushido*. Chaque pierre de votre anneau symbolise une de ses valeurs : le courage, la droiture, la bienveillance, le respect, la sincérité, l'honneur et la loyauté. Il y a très longtemps, ce texte fut copié sur un parchemin magique remis à la garde du clan Minamoto. Quand nous fûmes attaqués, notre grand-père remit ce parchemin à notre oncle et lui ordonna de fuir.

Sa phrase terminée, le fantôme de Hiro recule et son frère Eiko reprend son récit :

– Cet homme était l'ancêtre de votre sensei. Comprenant que le parchemin était en danger, il décida de le diviser et d'en répartir les morceaux à travers le monde. Séparément, ces morceaux de parchemin sont indestructibles...

– Eh bien du coup, on est peinards, se réjouit Logan.

– … mais si ce texte du Bushido venait un jour à être reconstitué, il pourrait alors être détruit. Si cela arrivait, l'esprit du Bushido disparaîtrait et, avec lui, toutes les valeurs transmises par les arts martiaux, achève Hiro.

– Ce serait terrible ! s'exclame Sakura.

Ako hoche la tête.

– Oui, c'est pourquoi nous avons besoin de vous. Tant que Tomoe Kamara ne sait pas où sont cachés les morceaux du parchemin, ceux-ci sont en sécurité. Mais si cela venait à changer, il faudrait que vous soyez prêts à agir.

Fiers de la confiance que leur accordent les samouraïs, les trois amis s'inclinent avec respect pour montrer qu'ils ont compris.

Ako, Eiko et Hiro s'inclinent eux aussi. Leurs corps, de plus en plus transparents, s'effacent peu à peu. Finalement, ils disparaissent.

– N'empêche, grogne Logan, ils ont beau dire qu'on est des samouraïs, on est surtout des gamins…

À côté de lui, Sakura et Léon hochent la tête. Ils ont accepté la mission mais ça ne les empêche pas d'avoir un peu peur de ce qui les attend.

Maître Saburo, qui était resté silencieux, s'avance alors vers eux.

– Ne vous inquiétez pas. Je serai là pour vous guider et vous entraîner. Dès ce soir, je profiterai de la présence de vos parents pour leur proposer d'être votre professeur particulier. Vous pensez qu'ils accepteront ?

– Bien sûr ! s'exclament les jeunes samouraïs en chœur.

– Alors, il est temps de leur montrer ce que vous êtes capables de faire. Suivez-moi, nous avons un spectacle à préparer. Et comme je n'ai plus d'assistante, il va falloir que vous m'aidiez.

Épilogue

C'est le dernier jour de stage au dojo de maître Saburo. De l'autre côté des tatamis, les parents admirent les progrès de leurs enfants.

Les apprentis kendokas, menés par Sakura, viennent de finir leurs enchaînements. Malgré la disparition de Tomoe Kamara, tout s'est passé à merveille.

Quand les jeunes enlèvent leurs masques de protection et saluent les parents, ceux-ci les applaudissent avec enthousiasme.

Le deuxième groupe de stagiaires s'approche et exécute des démonstrations de judo et de karaté. Léon et Logan en font partie. Sur les tatamis, les combats s'enchaînent sans anicroche. Comme pour le groupe précédent, le résultat est parfait et les parents applaudissent à tout rompre.

Le stage est maintenant terminé. Sakura, Léon et Logan vont repartir chacun de leur côté, mais ils savent qu'ils se retrouveront bientôt.

Juste avant le début du spectacle, maître Saburo leur a annoncé la bonne nouvelle. Leurs parents ont tous accepté sa proposition. Désormais, ils passeront tous leurs mercredis après-midi et une partie de leurs vacances au dojo.

Si jamais Tomoe Kamara réapparaît, ils seront prêts !

Remerciements

La première version des aventures de Sakura, Léon et Logan fut écrite dans le cadre du feuilleton des Incos avec les élèves de l'école Paul-Émile Victor d'Ercé-près Liffré (35), du Prieuré à Montdidier (80), de l'école Georges Brassens à Ploeren (56), du collège Pierre Brossolette à la Chapelle-Saint-Luc (10), des Bouquineurs et des Croquenpages de Messigny-et-Vantoux (21), des Hibous de l'école Louis Pasteur de Rueil-Malmaison (92).

Encore un grand merci à eux pour cette belle aventure.

Cette nouvelle version, réécrite à destination de lecteurs un peu plus âgés, n'aurait pas été possible sans la détermination des équipes de Bayard, et plus particulièrement celle d'Alice et de Fleurine. Merci à toutes les deux pour votre patience et votre professionnalisme.

ANNEXES

Glossaire

Aïkido : art martial japonais composé de techniques avec armes et à mains nues utilisant la force de son adversaire.

Bushido : « la Voie du guerrier ». C'est le texte sacré à respecter pour être un bon samouraï, c'est-à-dire être un bon guerrier, avoir une morale, un sens de l'honneur et du devoir.

Chugi : loyauté. Un samouraï est fidèle à son maître, à qui il peut donner sa vie pour le protéger.

Dojo : salle où l'on pratique les arts martiaux.

Geta : chaussures japonaises traditionnelles.

Gi : droiture. Un samouraï doit agir de façon juste et être fidèle à ses principes.

Hakama : large pantalon plissé, souvent porté par les samouraïs, qu'ils soient hommes ou femmes.

Hankyu : arc japonais.

Jin : bienveillance. Un samouraï doit être à l'écoute des autres.

Judo : sport de combat où l'agilité et la rapidité sont importantes.

Judoka : personne pratiquant le judo.

Ju-jitsu : art de combat des samouraïs.

Kanas et **kanjis :** caractères de l'écriture japonaise.

Karaté : art martial qui enseigne la défense.

Karatéka : personne pratiquant le karaté.

Kataginu : veste portée par les samouraïs.

Kendo : sport de combat où l'on se bat avec un casque et un sabre de bambou.

Kendoka : personne pratiquant le kendo.

Kimono : long vêtement à manches amples qui se ferme à la taille avec un obi.

Logogramme : dessin correspondant ici à un caractère japonais.

Makoto : sincérité. Un samouraï ne trompe jamais, il n'a qu'une parole.

Meiyo : honneur. Un samouraï a une conduite exemplaire et fait son devoir en respectant des règles.

Obi : type de ceinture.

Origami : art japonais du papier plié, ou découpé. On peut représenter des animaux, des objets, des fleurs, et bien plus encore !

Rei : respect. Un samouraï doit être courtois avec les autres, et ne jamais s'emporter.

Rônin : samouraï n'ayant plus de maître. Soit parce que le maître est mort, soit parce que le samouraï a trahi son maître.

San : en japonais, ce suffixe marque une forme de respect.

Sensei : mot japonais désignant un professeur.

Sharei : forme de tir à l'arc en groupe.

Shamisen : instrument de musique à cordes, genre de banjo carré, avec un très long manche.

Shinto ou Shintoïsme : religion japonaise.

Shogun : personne qui détenait le pouvoir civil et militaire au Japon du XIIe au XIXe siècle.

Shuriken : arme en métal en forme d'étoile. Une fois lancé, il est presque invisible.

Sumimasen : mot japonais pour s'excuser.

Tai-chi : art martial chinois qui ressemble à de la gymnastique.

Tanto : couteau japonais légèrement courbe.

Tessen : arme japonaise en acier qui a la forme d'un éventail.

Yamabushi : ermites des montagnes auxquels on prêtait des pouvoirs surnaturels, à l'époque des samouraïs au Japon.

Yu : mot japonais pour désigner le courage des samouraïs.

Zori : sandales à semelles de paille.

L'histoire de Nakano Takeko, l'ancêtre de Sakura

Nakano Takeko (1847-1868) est considérée comme l'une des dernières femmes samouraïs de l'histoire du Japon. On raconte qu'elle aimait lire les histoires des femmes guerrières japonaises.

Experte dans le maniement du *naginata*, une sorte de lance traditionnelle japonaise, elle mène au combat toute une division de femmes combattantes lors de la bataille d'Aizu, en 1868. Sa mère et sa sœur faisaient aussi partie de ce bataillon, plus tard appelé « l'armée des femmes ».

Nakano Takeko était courageuse et déterminée. Armée de son seul *naginata*, elle n'hésitait pas une seconde à se lancer au cœur de la bataille face aux armes à feu de ses ennemis.

Elle est morte à la façon des samouraïs, une mort honorable au combat.

L'histoire de William Adams, l'ancêtre de Logan

William Adams (1564-1620) est le seul samouraï européen de l'histoire du Japon. Il est né en Angleterre.

En 1598, il quitte son pays pour aller faire du commerce au Japon. Malheureusement, son navire est attaqué par des pirates qui le font prisonnier. Mais, comme il connaît beaucoup de choses sur la navigation, il se fait remarquer par le shogun ! Ce dernier voit en lui un atout pour gagner ses futures batailles.

Le shogun lui propose alors un marché. S'il accepte de devenir son conseiller sur l'Occident, il peut rester au Japon et devenir samouraï.

L'histoire de Yasuke, l'ancêtre de Léon

Yasuke est né à la fin du XVIe siècle en Afrique. Il est le seul samouraï noir de l'histoire du Japon.

Il arrive au Japon avec un jésuite italien, dont il est l'esclave. Les Japonais n'ont jamais vu un homme comme lui : sa peau est très foncée, et il est très grand et musclé. Son physique impressionne ! Oda Nobunaga, grand seigneur de guerre, demande à ce qu'il prenne un bain pour vérifier si sa couleur de peau est bien naturelle !

Avec le temps, Oda Nobunaga se lie d'amitié avec Yasuke. Il admire sa force physique, ses facilités pour parler différentes langues, et son intelligence. Il décide de faire de lui un samouraï. Yasuke s'avère un combattant hors pair !

Il épouse la fille du seigneur, et devient conseiller de la cour.

Cet ouvrage a été mis en pages
par DV Arts Graphiques à La Rochelle

Impression réalisée par
GRAFICA VENETA
en avril 2021
pour le compte des Éditions Bayard

Imprimé en Italie

Geschenke aus Kräutern & Wildfrüchten

Deko- und Rezeptideen rund ums Jahr

ANKE SCHÜTZ

blv

Inhalt

Vorwort

In meinem wilden Garten

Meinem Vermieter sei Dank, dass ich einen bereits verwilderten Garten übernehmen musste – und ihn nie wirklich zähmen konnte. Dadurch bin ich stolze Besitzerin eines Gierschgartens (der gemeine Gärtner wird jetzt das sonnengebräunte Haupt schütteln), gespickt mit Gundermann, Knoblauchrauke, Brennnessel und Holunderbäumen. Hier und da hat sich eine Malve, eine Königs- oder eine Nachtkerze breitgemacht – und der Kartoffelrose ist sowieso kaum Einhalt zu bieten.

Ich muss sozusagen nur vor meine Haustür treten, um den Köstlichkeiten der Natur zu begegnen. Ein Walnussbaum steht gleich hinten im Feld, der Haselnussstrauch wächst auch um die Ecke – und alles andere entdecke und ernte ich auf meinen Streifzügen durch Feld und Flur. Natürlich immer nur für den Eigenverbrauch und mit Respekt vor dem, was da wächst und gedeiht.

Lassen Sie sich von meinem Buch inspirieren, auf Ihren Spaziergängen – sei es im Wald, auf Wiesen oder im Stadtpark – Augen und Nase offen zu halten. Schauen und schnuppern Sie, um eine üppige Vielfalt an Pflanzen zu entdecken, die uns ernähren oder sogar heilen können. Die Wildkräuter sind so viel reicher an Vitaminen, Mineralien und Spurenele-

menten als unsere herkömmlichen Gemüse- und Salatzüchtungen, dass sie eine sehr gesunde Erweiterung unseres Speiseplans bieten. Und sie werden sehen: Die Pflanzen haben eine so beeindruckende Formenvielfalt und Ausdruckskraft, die einfach zum Dekorieren verleiten! Für mich ist es immer eine Freude, meinen Lieben hier und da ein selbst gemachtes Gelee oder Chutney zuzustecken oder Freunde bei einer Essenseinladung mit hübschen Deko-Ideen willkommen zu heißen. Dabei muss es gar nicht so aufwendig sein – auch die kleinen, unspektakulären Dinge erfreuen das Herz.

Ich wünsche Ihnen viel Freude beim Lesen und Durchblättern meines Buches und vor allen Dingen Mut, der eigenen Inspiration zu folgen. Lassen Sie Ihrer Kreativität freien Lauf, kombinieren Sie munter drauf los und probieren Sie einfach aus, was Ihnen gefällt – es wird sich lohnen. Der Umgang mit Materialien aus der Natur ist sehr beglückend – versprochen!

Mit kräutergrünen Grüßen,

Anke Schütz

losgeht …

Bevor es losgeht …

Aus **Kräutern und Wildfrüchten** lassen *sich kulinarische Genüsse und herrliche Deko-Ideen* **kreieren!**
Damit das gelingt, sind **ein paar Dinge zu beachten …**

Wissen, das schützt

Sammeln Sie Wildpflanzen nur an Orten, die abseits von Straßen und konventionell landwirtschaftlich genutzter Flächen liegen. Das können Grün- oder Brachflächen, Uferböschungen, Wälder, Wiesen und Feldränder sein – oder ihr eigener wilder Naturgarten.

Grundsätzlich sollten Sie nur Pflanzen sammeln, die Sie eindeutig identifizieren und zuordnen können. Neben den vielen köstlichen Wildkräutern und -beeren gibt es einige, die ungenießbar oder sogar giftig sind. Und: Finger weg von Pflanzen, von denen Sie nur wenige vorfinden – oder die sogar unter Naturschutz stehen. Wer noch keinerlei Erfahrung mit Wildpflanzen hat, sollte sich am besten Unterstützung von kräuterkundigen Menschen holen, beispielsweise auf einer geführten Kräuterwanderung oder bei Wildkräuterkursen. Am besten nehmen Sie auch immer ein fundiertes Wildpflanzenbuch mit auf Ihre Erntetour.

In freier Wildlaufbahn

Der Fuchsbandwurm ist natürlich ein Thema, das erwähnt werden muss. Durch Tierkotreste auf Pflanzen können auch die Eier des Fuchsbandwurms in die

Mahlzeit – und somit in den menschlichen Körper – gelangen. Diese Nachricht bezieht sich aber nicht nur auf Wildpflanzen und -beeren, sondern ebenso auf alle Kultur- und Gartenpflanzen aus dem Freilandanbau – also beispielsweise auch auf Selbstpflückfelder für Erdbeeren. Ein Gebiet absolut »fuchssicher« einzuzäunen, ist fast unmöglich. Das Risiko zu erkranken ist allerdings nach wie vor sehr gering. Wer sich definitiv davor schützen möchte, muss seine Ernte auf mindestens 60 °C erhitzen oder bei – 80 °C einfrieren.

Der Leberegel kann ebenfalls ein unerwünschter Gast bei der Kräuter-Ernte sein. Dieser Parasit siedelt sich auf feuchten Wiesen oder in (meist stehenden) Gewässern an, in deren Nachbarschaft Vieh weidet. Auch hier schafft das Erhitzen der Kräuter auf 60 °C Abhilfe.

Einige Pflanzen können bei empfindlichen Menschen zu Hautreaktionen führen, sogenannten phototoxischen Reaktionen. Besonders begünstigt wird dies bei starker Sonneneinstrahlung. Der Kontakt mit dem Saft der Pflanze ist meist kritischer, als wenn andere Pflanzteile berührt werden. Vorsicht sollte generell bei einigen Doldenblütlern wie der Herkulesstaude, dem Waldengelwurz oder dem Bärenklau gegeben werden. Einschlägige Allergiker sollten sich auch bei der Schafgarbe durch das Tragen von langärmliger Kleidung und von Handschuhen schützen.

Ernten – so geht's!

Zur Kräuter-Ernte eignen sich Haushalts- oder Gartenscheren. Sie können aber auch per Hand pflücken. Beim Sammeln von Brennnesseln sind selbstverständlich Handschuhe ratsam.

Alles in Maßen – diese Devise gilt auch für die Wildkräuter-Ernte. Sammeln Sie nur für den Eigenbedarf und nie mehr, als Sie auch tatsächlich verbrauchen können. Für den besten Geschmack und Ihre eigene Sicherheit sollten Sie nur gesunde und unbeschädigte Pflanzen pflücken.

Das Erntegut wird in Körben, Stofftaschen oder Vorratsdosen ohne Deckel nach Hause transportiert. Denn viele Blüten und Blätter haben empfindsame Strukturen.

Kräuter waschen

Hier scheiden sich die Geister. Ich versuche, die Kräuter möglichst wenig zu waschen. Bei Blüten schließe ich die Möglichkeit sogar komplett aus. Denn duftender Blütenstaub wie der des Holunders würde dadurch komplett verloren gehen. Aber was tun, wenn die Kräuter staubig sind oder sie an Wegrändern gepflückt wurden, die auch von Spaziergängern mit Hunden genutzt werden? Dann empfehle ich folgende Methode: Füllen Sie einen Eimer mit Wasser und bewegen Sie die Kräuter für einige Zeit darin. Geben Sie dann den Schmutzpartikeln etwas Zeit, auf den Boden des Eimers zu sinken. Nun können Sie die Kräuter mit den Händen von der Wasseroberfläche abschöpfen. Schütteln Sie diese in einem Sieb oder einer Salatschleuder gut aus und legen Sie sie dann auf Küchentüchern zum Trocknen aus. Vor dem Waschen sollten natürlich braune Stängel o. Ä. aussortiert werden.

Langes Kräuterglück

Frisch gesammelte Kräuter sollten im besten Fall möglichst schnell verarbeitet werden. Aus diesem Grund

OBEN: **Ein Potpourri aus Sommerblüten (von links nach rechts): Gelber Steinklee, Kartoffelrose, Rainfarn, Wilde Möhre, Schafgarbe und Mädesüß.**

sammelt man immer möglichst nur so viel, wie tatsächlich benötigt wird. Die gute Nachricht: Im Kühlschrank halten sich Wildkräuter auch für einige Tage. Dafür schlagen Sie die Kräuter in ein feuchtes Tuch ein und legen sie ins Gemüsefach. Es lohnt sich, die Sorten voneinander zu trennen, damit Sie auf die unterschiedliche Haltbarkeit eingehen können. Dabei werden Sie nach und nach eigene Erfahrungen sammeln und schon bald die Dauer optimal einschätzen können. Möchten Sie sich jedoch einen Vorrat anschaffen, gibt es folgende Ideen …

Der Klassiker – Kräuter trocknen

Das Trocknen ist die bekannteste Methode, um Kräuter haltbar zu machen. Keine Sorge: Dazu benötigen Sie nicht unbedingt einen Dörrapparat, Sie können die Pflanzen auch an der Luft trocknen. Dazu wählen Sie einen trockenen, warmen Ort (beispielsweise den Dachboden). Ich zupfe meist die Blätter von den Stielen und breite diese auf Tabletts oder andere Unterlagen aus, die ich zuvor mit einem Küchentuch luftig ausgelegt habe. Die überschüssigen Stiele kommen später in den Kompost. Dann heißt es abwarten: Die Kräuter sind erst richtig trocken, wenn sie beim Anfassen leise knistern.

Eine bewährte Methode ist es auch, Küchentücher zwischen die Schnüre einer Wäschespinne zu spannen und die Kräuter darauf auszubreiten. So kommt während des Trocknens schön viel Luft an die Blätter. Natürlich eignet sich aber auch der Backofen zum Trocknen. Dafür sollten Sie die Kräuter auf einem Rost auslegen und bei geöffneter Tür und 40 °C im Ofen lassen, bis die Feuchtigkeit aus den Blättern gewichen ist. Die energiesparendste Methode ist es aber sicherlich nicht …

Die meisten Blattkräuter können getrocknet verwendet werden. Eine Ausnahme ist beispielsweise der Bärlauch, der beim herkömmlichen Trocknen sein Aroma verliert. Beachten Sie, dass getrocknete Kräuter immer mitgekocht werden müssen, damit sie ihr Aroma entfalten.

Einfach praktisch – Kräuter einfrieren

Pflanzen wie Giersch oder Brennnessel lassen sich gut blanchieren – und nach dem Abkühlen einfrieren! Eine weitere Möglichkeit ist es, die frischen Kräuter klein zu hacken, in Eiswürfelformen zu geben, mit Wasser aufzugießen und dann ins Eisfach zu schieben. So können Sie Ihre eigenen Kräutermischungen zusammenstellen und damit Suppen oder Eintöpfen den Frühlingspfiff verleihen! Die Kräuterwürfel werden nicht aufgetaut, sondern gefroren zu den Speisen gegeben und mitgekocht.

Essig und Öl – natürlich gern!

Kräuter geben ihr Aroma und ihre Heilwirkung besonders gut an Öle und Essige ab. Dazu geben Sie die gesäuberten, aber trocknen Kräuter einfach hinzu und lassen alles etwa 2 bis 3 Wochen ziehen. Meist sehen die Kräuter dann in der Flüssigkeit nicht mehr hübsch aus und werden abgefiltert.

Ein Pesto ist ebenfalls eine genussreiche Variante, Kräuter zu konservieren. Durch den Zusatz von Parmesan und Nüssen wird diese Zeit jedoch auf etwa 3 Wochen beschränkt. Um die Kräuter länger haltbar zu machen, hacken Sie diese möglichst klein und vermischen sie mit etwas Salz und Öl zu einer Paste. Füllen Sie diese in ein Schraubglas und geben noch etwas Öl auf die Oberfläche. So verlängern Sie die Haltbarkeit mühelos auf einige Monate!

Kräuter schonend abfiltern

Meine bewährte Methode ist, Kräuter-Ansätze durch ein Haarsieb aus Kunststoff zu geben. Da manche Kräuter ungünstig auf Metall reagieren, nutze ich übrigens auch zum Rühren Kochlöffel aus Holz oder Kunststoff. Meist lohnt es sich, Flüssigkeiten zuerst durch ein Sieb ohne Mulltuch (Stoffwindel) zu filtern. So bleiben beim zweiten Durchgang mit dem Tuch weniger grobe Teile hängen und dieses lässt sich so besser auswringen. Probieren Sie einfach aus, was für Sie praktikabel ist.

OBEN: Eine Schwebfliege hat sich auf einer Kamillenblüte niedergelassen, umrahmt von Schmalblättrigen Weidenröschen.

Frühling

Frühling

Zart schiebt sich **das lichte Grün** aus dem noch kühlen Boden und wächst *der Frühlingssonne entgegen.* Feine Köstlichkeiten, die darauf warten, **verarbeitet zu werden.**

WECK

Waldmeistergeist

Likör mit Waldmeister und Löwenzahn

Zutaten

- 12–15 Stängel Waldmeister
- 25 Löwenzahnblüten (an einem sonnigen Tag gepflückt)
- 125 g Puderzucker
- 50 ml Wasser
- 750 ml Wodka oder Doppelkorn (38–40% vol.)

Utensilien

- Ansatzgefäß aus hellem Glas mit Deckel
- Kleiner Topf
- Holzlöffel
- Küchengarn
- Schere
- Sieb mit Mulltuch
- Flaschen zum Abfüllen

So geht's

1. Den Puderzucker mit dem Wasser in einem kleinen Topf mischen und erwärmen, bis der Zucker flüssig geworden ist. Etwas abkühlen lassen, dann den Wodka oder den Doppelkorn hinzugeben.

2. Die Waldmeisterstängel mit einem Stück Küchengarn zusammenbinden und einige Zeit anwelken lassen, bis sich ihr Duft intensiviert hat. Die Blütenköpfe des Löwenzahns abschneiden und in das Ansatzgefäß geben. Den Alkohol über die Blütenköpfe gießen und das Waldmeistersträußchen in die Flüssigkeit hineinhängen. Das Ende der Pflanzenstängel darf herausschauen. Nun den Topfdeckel auflegen und somit das Küchengarn befestigen.

3. Das Ganze gut 3 Wochen an einem Nordfenster oder an einem kühlen, schattigen Platz im Haus ziehen lassen. Dabei öfters die Kräuter mit einem Holzlöffel in den Alkohol drücken und umrühren. Achten Sie darauf, die Enden der Waldmeisterstängel vor dem Verschließen wieder hochzuziehen, damit diese nicht in der Flüssigkeit bleiben.

4. Den fertigen Likör durch ein Mulltuch im Sieb filtern und in die Flaschen füllen.

Das grüne Gold

Wildkräuter-Pesto

Zutaten

200 g Wildkräuter (z. B. 100 g Bärlauch, 50 g Giersch, 25 g Knoblauchrauke, 25 g Vogelmiere, ein paar Blätter Gundermann)

150 g gemischte Nüsse (Haselnüsse, Pinien- und Cashewkerne)

100 g geriebener Parmesan

400 ml Walnussöl

Salz

Pfeffer

Utensilien

Pfanne

Salatschleuder

Küchentuch

Schmale Rührschüssel

Stabmixer

So geht's

1. Die Nüsse in einer Pfanne mit einem TL Öl und etwas Salz zart braun anrösten, dann abkühlen lassen. Die Wildkräuter waschen und in einer Salatschleuder trocknen. Im Anschluss die Kräuter möglichst auf einem Küchentuch auslegen, damit die Restfeuchtigkeit entzogen wird.

2. Die Nüsse und den Parmesan in die Rührschüssel geben und mit etwas Öl pürieren, nach und nach Öl hinzugeben.

3. Nun die Wildkräuter schrittweise zugeben und ebenfalls pürieren. Dabei immer etwas Öl nachgießen, bis das Pesto die von Ihnen erwünschte Konsistenz erreicht hat. Mit Salz und Pfeffer abschmecken – und schon halten Sie das »grüne Gold« in den Händen, das mit seinen Vitaminen und Mineralien den Winter mit aller Kraft austreibt!

Tipp: Das Pesto hält sich etwa 14 Tage im Kühlschrank. Wer nur die Kräuter haltbar machen möchte, verzichtet auf die Nüsse und den Parmesan und nutzt ein Olivenöl. So halten die pürierten Wildkräuter sehr lange und können immer wieder als Basis für ein Pesto oder für andere Gerichte dienen.

Die Vogelmiere ist im Stängel etwas zäh. Daher ist es besser, nur die Blätter abzuzupfen und die Triebspitzen zu verwenden.

Hustenschmeichler

Erdkammersirup

So geht's

1. Den Spitzwegerich möglichst nicht waschen, da er absolut trocken sein sollte. Das Kraut in etwa 1 cm große Stücke schneiden, eine erste Schicht in das Glas geben und mit einem Teil des Honigs übergießen. Nach dieser Methode wird nach und nach das Glas befüllt. Achten Sie darauf, dass der Spitzwegerich gut bedeckt ist (die Menge an Honig kann daher leicht variieren).

2. Lassen Sie den Ansatz etwa 4 Stunden stehen, damit sich alles setzen kann. Falls nötig, wird im Anschluss noch etwas Honig nachgegossen. Lassen Sie unbedingt Platz zum Deckel.

3. Nun die Glasöffnung mit 1–2 Blättern des Pergamins abdecken, den Deckel befestigen und das überstehende Papier grob abschneiden. Im Garten ein etwa 50 cm tiefes Loch ausgraben und das Glas hineinstellen. Ein Holzbrettchen auf den Deckel legen, das schützt ihn vor direkter Berührung mit der Erde. Jetzt das Loch wieder vorsichtig zuschütten und die Stelle gut markieren.

4. Der Spitzwegerich bleibt 3 Monate in der Erde und kann bei gleichbleibender Temperatur seine Kräfte an den Honig optimal abgeben. Danach wird das Glas ausgegraben und außen gereinigt. Nun kann der Sirup durch ein Sieb gefiltert werden, dabei möglichst gut durchdrücken. Den gefilterten Sirup in mehrere Vorratsgläser füllen. Bei Husten hilft 1 EL purer Sirup – oder Sie süßen einfach Ihren Tee damit!

Zutaten

Ca. 300 g Spitzwegerich

Ca. 1000 g flüssiger Honig (z. B. Akazienhonig)

Utensilien

Scharfes Messerchen

Gläser mit Schraub- oder Bügelverschluss

Pergaminblätter

Schere

Spaten

Ein Plätzchen im Garten

Altes Holzbrettchen

Markierstab

Sieb

Vorratsgläser

Grüne Kräutersünde

Wiesenschaumkraut-Mayonnaise

Zutaten

15–20 Stängel Wiesenschaumkraut

2 Blätter Bärlauch

1 Knoblauchzehe (nach Belieben)

1 Ei

1 Eigelb

Salz

2 TL Zitronensaft

½ TL Zucker

1 TL Senf

Ca. 200 ml Sonnenblumenöl

50 ml Olivenöl

Utensilien

Messer

Schmales, hohes Rührgefäß

Küchenmixer

So geht's

1. Blätter und Blüten vom Wiesenschaumkraut abzupfen und diese zusammen mit dem Bärlauch klein schneiden. Wer den Geschmack von Knoblauch liebt, kann noch eine klein geschnittene Zehe von ihm dazugeben.

2. Alle Zutaten – bis auf das Olivenöl – in das Rührgefäß geben. Den Mixer etwa eine halbe Minute unten im Gefäß halten und mixen. Dann den Mixer langsam hochziehen und sofort entsteht die Mayonnaise-Masse.

3. Zum Schluss noch 50 ml Olivenöl unterrühren. Fertig!

Tipp: Eine Köstlichkeit zu allem Kurzgebratenem oder zu gebackenen Kartoffeln.

Nesseln im Glück

Brennnessel-Nudeln

Zutaten

80 g Brennnesselblätter (Triebspitzen)
Wasser
1 Messerspitze Natron
400 g Hartweizengrieß
2 Eier
Ca. 1 EL Olivenöl
2 TL Salz
Etwas Mehl

Utensilien

Topf
Schaumkelle
Eiswürfel
Schüssel
Stabmixer
Nudelmaschine/ alternativ: Teigrolle, Lineal und Messer

So geht's

1. Wasser mit Natron in einem Topf zum Kochen bringen. Die Brennnesseln darin kurz blanchieren, mit der Schaumkelle herausholen und in einer Schüssel mit Eiswasser abschrecken. Die Blätter aus dem Eiswasser nehmen und in einer Rührschüssel pürieren. So behält das Brennnessel-Mus eine schöne hellgrüne Farbe.

2. Jetzt den Grieß mit den Eiern, dem Brennnessel-Mus, dem Olivenöl und dem Salz zu einem Teig verkneten. Er braucht eine gewisse Geschmeidigkeit – je nach Konsistenz entweder etwas Olivenöl oder, wenn er zu weich ist, mehr Grieß dazugeben. Den Teig 30 Minuten ruhen lassen.

3. Nun den Teig wie gewohnt mit Ihrer Nudelmaschine weiterverarbeiten. Alternativ: Den Teig auf einer bemehlten Fläche dünn ausrollen. Mit Lineal und Messer Bandnudeln abschneiden. Sollten die Nudeln zu sehr miteinander verkleben, hilft es, sie mit Mehl zu bestäuben.

4. Die Nudeln etwa 1 Minute in kochendem Salzwasser kochen und am besten mit selbst gemachtem Wildkräuter-Pesto (Rezept auf Seite 16) genießen.

Tipp: Die Brennnesseln verlieren ihre Brennkraft, sobald sie mit heißem Wasser oder Öl in Berührung kommen.

Snack-Verzückung

Brennnessel-Chips

So geht's

1. Aus Mehl, Zucker, Bier, Salz, Eigelb, Milch und Wasser einen Teig rühren. Das Eiweiß steif schlagen und unter die Teigmasse heben.

2. Öl in einer Pfanne erhitzen. Die Brennnesselblätter durch den Teig ziehen und nach und nach im heißen Öl ausbacken. Die Chips mit einem Schaumlöffel herausholen und auf Küchenpapier abtropfen lassen. Die fertigen Chips mit Meersalz bestreuen.

Tipp: Es lohnt sich auch, einige Blätter ohne den Teig zu frittieren. Die Brennnessel überrascht mit einem sehr würzigen Eigengeschmack. Auch diese Chips können mit Meersalz bestreut werden.

Die Brennnessel ist ein stark eisenhaltiges Kraut und gibt uns somit einen kleinen Schub Lebenskraft mit auf den Weg! Als Frühjahrskraut gehört sie unbedingt zur »Entschlackungskur«, um den Stoffwechsel anzutreiben und Platz für gutes Neues zu schaffen.

Zutaten

Reichlich einzelne Brennnesselblätter

100 g Mehl

2 TL Zucker

2 EL Bier

1 TL Salz

1 Eigelb

3 EL Milch

3 EL Wasser

1 Eiweiß

Öl zum Frittieren

Meersalz

Utensilien

Rührschüssel

Küchenmixer

Pfanne

Schaumlöffel

Küchenpapier

Drei Löwenzahn-Wünsche

Löwenzahn-Deko

Zutaten

Menge nach Belieben:

Löwenzahnblüten mit Stängel

Pusteblumen

Abgepustete Löwenzahnstängel

Utensilien

Scharfes Messerchen

3 schöne Gläser (z. B. alte Weckgläser)

Lineal

Bleistift

Transparentpapier

Schere oder Schneidemaschine

Buchstaben-stempel

Stempelkissen

Transparentes Klebeband

So geht's

1. Die abgepusteten Löwenzahnstängel und die Stängel mit den Löwenzahnblüten auf die entsprechende Länge kürzen, jeweils in ein Glas mit Wasser stellen. Die Pusteblumenköpfe vorsichtig mit einer Schere abschneiden und in ein Glas geben. So ist das Wunderwerk der kleinen Schirmchen am besten zu bewundern.

2. Mit Lineal und Bleistift die Breite des Transparentpapierstreifens bestimmen und mit einer Schere oder einer Schneidemaschine 3 Streifen abschneiden. Diese jeweils mit Worten Ihrer Wahl bestempeln. Unbedingt das Gestempelte einige Zeit antrocknen lassen, da die Oberfläche des Transparentpapiers die Stempelfarbe nicht gleich aufnimmt.

3. Die Transparentpapierstreifen um das Glas führen und mithilfe eines Klebestreifens die Enden zusammenkleben.

LEBENSKRAFT
LEICHTIGKEIT
LOSLASSEN

Good
Luck

Das gelbe Gold

Löwenzahn-Sirup und -Gelee

So geht's

1. Die Löwenzahnblüten an einem sonnigen Tag sammeln, damit sie schön geöffnet sind. Wer den leicht bitteren Geschmack des Löwenzahns beibehalten möchte, lässt den Boden an der Blüte. Ansonsten kann man diesen auch mit einem scharfen Messer entfernen, sodass nur die gelben Zungenblüten übrig bleiben.

2. Die Blüten mit dem kalten Wasser in einen Topf geben, zum Kochen bringen und etwa 3 Minuten köcheln lassen, anschließend vom Herd nehmen. Das Ganze mit leicht geöffnetem Deckel 1 Tag ziehen lassen.

3. Jetzt wird der Sud über ein Sieb mit Mulltuch abgefiltert. Die gefilterte Flüssigkeit wieder in einen Topf geben und mit dem Zucker und dem Saft der Zitrone mischen. Das Ganze so lange auf niedriger Stufe einkochen, bis eine sirupartige Masse entsteht (dies dauert etwa eine halbe Stunde). Den Sirup noch kochend in die heiß ausgespülten Flaschen abfüllen. Den fertigen Sirup kann man wunderbar zum Süßen – z. B. von Salatsoßen oder beim Backen – nutzen. Mit Sprudelwasser verdünnt ist er ein klassisches Erfrischungsgetränk.

Variante: Auf ganz ähnliche Weise können Sie auch ein leckeres Löwenzahn-Gelee herstellen. Verfahren Sie wie beschrieben bis zu dem Punkt, an dem die Flüssigkeit abgefiltert wird. Nun können Sie den Saft und den Abrieb von 1 Bio-Zitrone hinzufügen. Schneiden Sie 1 Vanilleschote auf, kratzen Sie diese aus und geben sie das Mark gemeinsam mit der Schote zur Flüssigkeit. Mischen Sie im Verhältnis 2:1 Gelierzucker hinzu und kochen das Ganze zum Gelee. Abschließend noch die Vanilleschote entfernen und das Gelee in heiß ausgespülte Marmeladengläser füllen. Der Geschmack ist leicht bitter mit einem exquisiten Hauch von Vanille.

Zutaten

100–130 Löwenzahnblüten mit Blütenboden (entsprechen ca. 100 g)

1 Liter Wasser

600 g Zucker

Saft einer Bio-Zitrone

Utensilien

Scharfes Messer

Topf

Sieb

Mulltuch

Flaschen mit Schraubverschluss

WECK

Klar, gesund!

Löwenzahn-Essig

So geht's

1. Die Kräuter reinigen, sollten sie mit Erde verschmutzt sein. Dann diese in ein Glasgefäß geben und mit dem Essig aufgießen. Das Glas an einen schattigen, kühlen Ort stellen und ca. 3 Wochen ziehen lassen. Die Kräuter regelmäßig mit einem Holzlöffel unter den Essig drücken, damit sie mit Flüssigkeit benetzt sind.

2. Den Essig über ein Sieb mit Mulltuch abgießen und die Kräuter gut ausdrücken. Den fertigen Löwenzahn-Essig in Flaschen abfüllen.

Tipp: Wer vom weißen Milchsaft des Löwenzahns keine braunen Finger bekommen möchte, sollte Handschuhe tragen. Ein Kräuterauszug in Essig ähnelt einer alkoholischen Tinktur. Auch hier übertragen sich die Inhaltsstoffe der Kräuter in die Trägerflüssigkeit – und somit würzen wir unseren Salat mit einem Schuss selbst gemachter »Medizin«. Löwenzahn und Beifuß schenken den Menschen Bitterstoffe und regen Verdauung und Stoffwechsel an.

Zutaten

Je 5 Löwenzahnblüten und -blätter (an einem sonnigen Tag gepflückt)

5 Blätter Sauerampfer

5 Blätter Beifuß

Ca. 500 ml weißer Balsamico-Essig oder Weißweinessig

Utensilien

Ansatzgefäß aus weißem Glas mit Deckel

Holzlöffel

Sieb mit Mulltuch

Flaschen zum Abfüllen

Duftiges Willkommen

Waldmeister-Deko

So geht's

1. Die Servietten falten und mit etwas Küchengarn jeweils mehrmals umwickeln.

2. Je 2 Stängel Waldmeister zu einem Sträußchen zusammenfassen und als Dekoration zwischen Küchengarn und Serviette schieben. Die verzierten Servietten auf die herzförmigen Platzteller verteilen. So werden Ihre Gäste mit einem kleinen Duftsträußchen aus Waldmeister begrüßt.

Tipp: Die kleine grüne Pflanze, die gerne in lichten Buchenwäldern wächst, entfaltet ihre Duftwirkung erst, wenn sie etwas angewelkt ist. Doch dann erfreut sie das Herz und man mag die Nase gar nicht mehr aus dem Pflänzchen nehmen.

Die Gäste können das Sträußchen übrigens in Mineralwasser oder Apfelsaft hängen und so ihr Getränk verfeinern. Legen Sie doch als kleine Anregung für zu Hause einen handgeschriebenen Zettel mit dem Rezept der Kräuter-Limonade von Seite 35 dazu. Oder Sie geben den Gästen mit auf den Weg, ihr Waldmeister-Sträußchen zu Hause zu trocknen, es in ein Stofftaschentuch zu binden und als Duftsäckchen zwischen die Kleidungsstücke im Schrank zu legen.

Material

4–8 Stängel Waldmeister
Stoff-Servietten
Platzteller in Herzform
Küchengarn (rosa/weiß)
Schere

Freuden

Wildkräuter-Freuden

Kräuter-Limonade

So geht's

1. Wasser bzw. Apfelsaft erhitzen, die jeweilige Zuckermenge darin auflösen und die Weinsteinsäure zugeben. Die Mischung in das Ansatzgefäß geben und etwas abkühlen lassen.

2. Die Kräuter und die in Scheiben geschnittenen Orangen bzw. Zitronen in den Wasser- bzw. den Apfelsaftsud geben. Das Ganze gut 4–6 Stunden ziehen lassen. Im Anschluss die Kräuter über ein Sieb abfiltern und nochmals gut mit den Händen ausdrücken. Die fertige Kräuter-Limonade in Flaschen abfüllen. Mit einem Schuss kohlesäurehaltigem Mineralwasser und Eiswürfeln wird sie zur erfrischenden Köstlichkeit, die man so vorher noch nie gekostet hat!

Tipp: Weinsteinsäure kann man im Bioladen kaufen. Sie dient als Konservierungsmittel und natürlicher Ersatz für Zitronensäure aus dem Supermarkt.

Zutaten

KRÄUTER-ORANGE:

130 g Wildkräuter (in Stielen ca.: 6 Giersch, 2 Taubnessel, 2 Gundermann, 4 Waldmeister, 2 Pfefferminze)

2 Bio-Orangen, 2 l Wasser, ca. 250 g Zucker, 1 Päckchen (10 g) Weinsteinsäure

KRÄUTER-APFEL-ZITRONE:

130 g Wildkräuter (s. o.), 2 Bio-Zitronen, 2 l Apfelsaft, 100 g Zucker, 1 Päckchen (10 g) Weinsteinsäure

Utensilien

Topf, Ansatzgefäß (weithalsige Flasche oder Schüssel), Sieb, Flaschen zum Abfüllen

Grüne Kraft

Getrocknete Frühlingskräuter

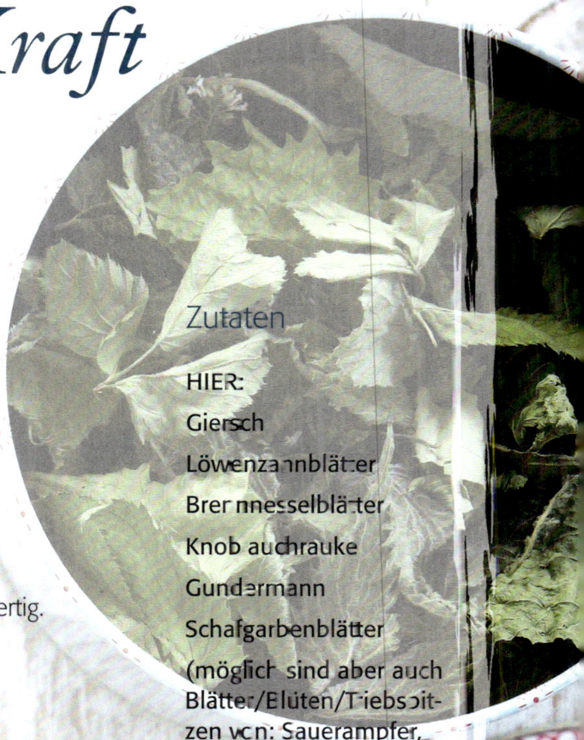

So geht's

1. Die Frühlingskräuter auf einer geeigneten Fläche ausbreiten – das kann je nach Menge z. B. ein Tablett oder ein Ofenrost sein, auf dem ein Küchentuch liegt. Wenn ich größere Mengen verarbeite, dann spanne ich Küchentücher auf meine Wäschespinne und lege darauf die Kräuter aus. So werden diese von allen Seiten gut belüftet.

2. Die Kräuter sollten an einem schattigen, trockenen und warmen Ort getrocknet werden. Wenn sie beim Anfassen rascheln, sind sie fertig. Je nach Pflanze dauert dies etwa 3–6 Tage.

3. Nun werden die Kräuter in Vorratsdosen aufbewahrt.

Tipp: Die getrockneten Wildkräuter sind ein wahrer Schatz, der besonders im Herbst und Winter zum Einsatz kommt und Ihre Abwehrkräfte stärkt! Verwenden Sie die geballte Kraft des Frühlings einfach als Zutat beim Kochen. Entweder werden die Kräuter dazu mit der Hand zerrieben oder als ganze Blätter in Suppe, Auflauf oder Soße verwendet. Lecker schmecken auch klein zerriebene Kräuter aufs Butterbrot gestreut – wer möchte, kann dazu wie gewohnt Belag auflegen. Hier und da piksen manche Teile der getrockneten Kräuter. Zum Zerreiben können daher Stoffhandschuhe behilflich sein.

Zutaten

HIER:
Giersch
Löwenzahnblätter
Brennnesselblätter
Knoblauchrauke
Gundermann
Schafgarbenblätter
(möglich sind aber auch Blätter/Blüten/Triebspitzen von: Sauerampfer, Gänsefingerkraut, Vogelmiere, Frauenmantel, Dost, Gänseblümchen, Spitzwegerich usw.)

Utensilien

Tablett oder Ofenrost
Küchentuch
Aufbewahrungsdose

Blütenfein

Gänseblümchen-Deko

Material

Gänseblümchen

Blüten und Blätter des Gundermanns

Moos

Wachtelei

Kleine Deko-Schale

Wasser

So geht's

1. Etwas Wasser in eine kleine Deko-Schale geben und dann das Gefäß mit Moos auffüllen.

2. Das Wachtelei platzieren und nun rundherum die Gänseblümchen sowie die Blüten und Blätter des Gundermanns arrangieren. Fertig ist ein entzückendes Mitbringsel – oder eine hübsche, aber unkomplizierte Tischdekoration.

Tipp: So viel Wissenswertes steckt in einer kleinen Deko-Schale: Das Gänseblümchen ist ein Pflänzchen, das jedes Kind kennt – und das immer noch die Herzen rührt. Es heißt, wenn man mit einem Fuß 7 Gänseblümchen auf einmal berühren kann, dann ist der Frühling wirklich da! Die zarte Schönheit soll aber nicht über die starke Heilkraft hinwegtäuschen. Denn das Gänseblümchen wirkt adstringierend und schleimlösend und es regt den Stoffwechsel an. Außerdem soll es leicht schmerzstillend und krampflösend sein.

Ein altes Heilkraut ist auch der Gundermann, der Herz und Leber stärkt und die Verdauungssäfte anregt. Außerdem wirkt das Kraut bei allen schlecht heilenden Wunden. Ich nutze den Gundermann – neben Spitzwegerich, Thymian, Salbei und den Blüten der Königskerze – als Zutat in meinem Hustentee, um die Entzündung im Hals zu lindern. Da der Gundermann reich an ätherischen Ölen ist, duftet er sehr stark und wird daher in der Küche nur als Würzkraut verwand.

Blüten

fein

Sommer

Üppig hat sich die Natur entwickelt und verströmt *herrliche Düfte.* Blüten und Grün wandern *in den Erntekorb* und lassen das **Wildkräuterherz höher schlagen.**

Kleine Kerle ganz groß

Wilde Kapern

Zutaten

120 g Samen von Wilder Malve und Kapuzinerkresse

1 EL Salz

100 ml Wasser

80 ml Essig

2–3 TL Zucker

2 Stiele Thymian

3 Lorbeerblätter

10 Pfefferkörner

Utensilien

Topf

Schraubglas

Sieb

So geht's

1. Salz und Wasser aufkochen. Die Samen waschen, in ein Schraubglas geben und mit der Salzlösung übergießen. Die Samen sollten gut bedeckt sein (danach richtet sich letztendlich die Menge der Salzlösung).

2. Das Glas verschließen und 3 Tage bei Zimmertemperatur stehen lassen, ab und an schütteln.

3. Die Samen über ein Sieb abgießen und gut abtropfen lassen. Das Schraubglas ausspülen und die Samen wieder in das Glas zurückgeben.

4. Essig mit Zucker, Thymian, Lorbeerblättern und Pfefferkörnern aufkochen und über die Samen im Glas gießen. Die Samen müssen in jedem Fall bedeckt sein, die Flüssigkeit gegebenenfalls entsprechend angleichen. Die Samen abkühlen lassen, den Deckel zuschrauben und für 7 Tage im Kühlschrank ziehen lassen.

erle

Die Hollerfrau lässt grüßen

Holunderblüten-Gelee

Zutaten

Ca. 120 g Holunderblütendolden (bei Sonne geerntet)

1 l Orangensaft
Ca. 500 g Gelierzucker (2:1)

Utensilien

Schüssel

Sieb

Mulltuch

Kochtopf

Gelee-Gläser zum Abfüllen

So geht's

1. Die Holunderblütendolden in eine Schüssel geben und den Orangensaft hinzufügen. Es sollten so viele Blütendolden sein, dass der Orangensaft sie nur gerade eben bedeckt. Das Ganze mit einem Sieb abdecken.

2. Nun die Schüssel in die Sonne stellen und alles ca. 6 Stunden ziehen lassen.

3. Die Dolden über ein Sieb mit Mulltuch abfiltern und gut ausdrücken. Die genaue Menge an Saft abmessen.

4. Den gefilterten Saft mit dem Gelierzucker entsprechend der Packungsanweisung zu einem Gelee kochen. Das noch heiße Gelee in die vorbereiteten Gläser füllen. Wenn ein kleiner Schluck übrig bleibt, ist er auch ein köstliches Getränk.

Tipp: Ein besonders intensives Aroma geben Dolden ab, die mit reichlich gelbem Blütenstaub bedeckt sind.

frau

Süße Blütenherzen

Waffeln mit Holunderblüten und Rosenzucker

Zutaten

ROSENZUCKER:

1 Handvoll Blütenblätter einer Duftrose (z. B. Kartoffelrose)

100 g Zucker

WAFFELTEIG:

350 g Mehl, 3 TL Backpulver, 1 Prise Salz

200 g weiche Butter

170 g Zucker

1 Tüte Vanillezucker

1 TL Rosenzucker

6 Eier, ca. 350 ml Milch

4 große Holunderblütendolden

Öl zum Ausbacken

Utensilien

Kaffeemühle, evtl. Teigrolle, 2 Schüsseln, Sieb, Küchenmixer, Pfanne

So geht's

1. Zuerst wird der Rosenzucker frisch hergestellt. Dazu einen Teil der Blütenblätter mit etwas Zucker in eine Kaffeemühle geben und miteinander mahlen. Nach und nach mit den restlichen Mengen an Zucker und Blüten genauso verfahren. Der Rosenzucker kann noch sehr feucht sein und hier und da zusammenkleben. So frisch ist sein Aroma aber am intensivsten. Wenn der Zucker antrocknet, lassen sich die Klümpchen trennen, indem man z. B. mit einer Teigrolle darüber rollt.

2. Nun wird der Waffelteig zubereitet. Dazu das Mehl mit dem Backpulver und etwas Salz mischen und durch ein Sieb in eine Schüssel sieben.

3. In einer weiteren Schüssel die Butter mit den verschiedenen Zuckerarten und den Eiern schaumig rühren.

4. Nun abwechselnd Mehl und Milch in die Buttermasse einrühren. Der Teig muss dickflüssig vom Löffel fallen (d. h. die Milchmenge richtet sich danach).

5. Die Holunderblüten von den Dolden zupfen und mit in den Teig geben. Die Waffeln ausbacken und mit frischem Rosenzucker bestreut servieren.

Ein Stück Wildnis für Zuhause

Strauß aus Weidenröschen

Material

Stiele von Weidenröschen, Wilder Möhre, Bärenklau und Kamille

Samenstand vom Giersch

Scharfes Messer oder Gartenschere

Zinngefäß

1 Tropfen Spülmittel

So geht's

1. Die Blütenstiele auf die gewünschte Größe schneiden und in dem Zinngefäß arrangieren.

2. 1 Tropfen Spülmittel zum Wasser in die Vase geben, das erhält ein wenig die Frische. Wiesenblumen lassen gerne erst einmal die Köpfe hängen, erholen sich dann aber nach einer Weile. Dafür den Strauß unbedingt aus der Sonne nehmen.

Tipp: Es tut den Pflanzen gut, wenn man sie mit einem scharfen Messer oder einer guten Gartenschere abschneidet, sodass man sie nicht allzu sehr am Stiel verletzt. Wenn Sie Blumen an Weg- und Waldrändern ernten, ist es generell empfehlenswert, lange Hosen und evtl. auch langärmlige Oberteile zu tragen. So sind Sie gut vor Zeckenbissen geschützt. Falls Sie eine empfindliche Haut haben, sollten Sie beim Ernten des Bärenklaus besonders vorsichtig sein. Denn wenn die Sonne scheint, besteht die Möglichkeit einer phototoxischen Reaktion.

no.192

Blütchen auf Wanderschaft

Senfblüten-Butter

Zutaten

1 Handvoll Senfblüten und -blätter

250 g weiche Butter

Salz

1 Knoblauchzehe

Utensilien

Schüssel

Gabel

Brettchen

Messer

Knoblauchpresse

Löffel

Förmchen

So geht's

1. Die zimmerwarme Butter in eine Schüssel geben und mit einer Gabel zerteilen.

2. Die Senfblätter klein schneiden, zusammen mit einigen Blüten zur Butter geben und mit etwas Salz würzen. Die Knoblauchzehe von der Schale befreien und durch eine Knoblauchpresse ebenfalls zur Blütenbutter geben. Alles mischen.

3. Die Blütenbutter nun in ein Förmchen füllen und im Kühlschrank fest werden lassen. Später die Butter aus dem Förmchen lösen und mit den restlichen Blüten dekoriert servieren.

Tipp: Anstelle von Senfblüten- und -blättern kann man auch die Blüten, die Blätter und die Samen der Kapuzinerkresse verwenden.

Zu Tisch!

Mit Pflanzenfarbe bemalte Serviette

So geht's

1. 5 TL Alaun in etwa 5 TL siedendem Wasser gut auflösen.

2. Ca. 120 ml Wasser hinzugießen und die Blüten dazugeben. Es darf eine gut gesättigte Lösung sein. Alles ca. 15 Minuten köcheln lassen. Dabei entsteht eine leicht dickliche Masse.

3. Die Farbe in ein kleines Gefäß abfiltern. Da die Pflanzenfasern sich zersetzen könnten, ist es zum Malen schöner, wenn die Flüssigkeit keine Pflanzenreste mehr enthält. Die Farbe etwas abkühlen lassen, dann kann sie sofort genutzt werden.

4. Mit einem Pinsel das gewünschte Motiv auf die Serviette malen und trocknen lassen. Die Farbintensität ist nie reproduzierbar oder in ihrer Nuance vorhersehbar.

Material

1 Handvoll rote Blüten, z. B. Wilde Malve, Rose, Geranie, Stockrose (einzeln oder gemischt)

5 TL Alaun (aus der Apotheke)

Wasser

Alter, kleiner Topf

Alter Holzlöffel

Kleines Gefäß für die Farbe

Pinsel

Tipp: Da die Farbe nicht waschecht ist, lässt sich das Motiv nach 1–2 Wäschen völlig entfernen.

Wildes zum Einzug

Fladenbrot mit Brennnesselsamen

So geht's

1. Zuerst wird das Salz hergestellt. Dazu die Rosenblütenblätter abzupfen, die Zitronenschale in kleinere Stücke schneiden und die Kräuterblätter abzupfen. Alles auf ein luftig mit Küchentüchern ausgelegtes Tablett geben und einige Tage trocknen lassen. Nun die Kräuter klein reiben, die Zitronenschale noch kleiner hacken und mit dem Salz mischen. Köstlich auch auf frischem Brot mit Butter!

2. Nun wird der Brotteig zubereitet. Dazu die Hefe mit dem Honig in einer Tasse verrühren, 10 Minuten stehen lassen und dann flüssig rühren.

3. Das Mehl in eine Schüssel sieben und in die Mitte eine Mulde drücken. Die Hefe hineingeben und mit dem Mehl vermischen.

4. Das Salz, das Wasser, das Öl, den Wein, die grob gezupften Brennnesselblätter und die abgeriebenen Samen hinzugeben. Die Brennnesseln erst mit einem Holzlöffel unterarbeiten, dann kann auch mit der Hand weiter geknetet werden. Den Brotteig 1 Stunde an einem warmen Ort gehen lassen.

5. Den Teig teilen und zu 2 Fladenbroten formen. Die Fladen mit Öl bepinseln, die restlichen Brennnesselblätter auflegen und ebenfalls mit Öl bepinseln. Nun die Fladen auf ein mit Backpapier ausgelegtes Backblech legen und weitere 20 Minuten gehen lassen.

6. Die Fladenbrote im vorgeheizten Ofen etwa 20 Minuten bei 200 °C (Umluft) goldbraun backen.

Zutaten

SALZ:

2 Rosenblüten

Schale einer Bio-Zitrone

Blätter von 2 Stielen Pfefferminze

5 Blätter Gundelrebe

6 EL grobes Meersalz

BROT:

2 Handvoll Brennnesselblätter

2 EL Brennnesselsamen

1 Würfel Hefe, 1 TL Honig

600 g Mehl, 2 TL Salz

110 ml Wasser, 80 ml Öl

250 ml Weißwein

Einige Brennnesselblätter als Belag für den Fladen

Utensilien

Tasse, Schüssel

Holzlöffel

Som

Sommer-Erinnerung

Potpourri aus Wildblumen

So geht's

1. Ernten Sie nur die schönsten Exemplare der duftenden Wildblumen und binden Sie diese zu kleinen Sträußen. Obacht bei der Kartoffelrose, sie hat durchaus imposante Stacheln.

2. Hängen Sie die Sträuße zum Trocknen auf – und genießen Sie diesen Anblick für einige Tage!

3. Nach dem Trocknen sollten Sie die Sträuße vorsichtig behandeln, da die Blüten nun brüchig sind. Sie können nun die einzelnen Blüten entsprechend Ihren Wünschen in einer Schale dekorieren. Besonders der Steinklee hält seinen Duft sehr lange. Als kleines Sträußchen obenauf kann man öfters gezielt seine Nase hineinstecken.

Material

Kartoffelrose
Gelber Steinklee
Rainfarn
Wilde Möhre
Rosa Schafgarbe
Mädesüß
Strahlenlose Kamille
Garten-Handschuhe
Schere
Garn
Band

Tipp: Die sogenannte Veilchenwurzel – botanisch korrekt die Wurzel der Schwertlilie *(Iris florentina)* – soll den Duft von getrockneten Deko-Blumen länger haltbar machen. Man kann sie als Pulver in der Apotheke erwerben, was allerdings ein sehr kostspieliges Vergnügen ist.

Steinklee und Rainfarn halten übrigens auch Motten fern – und somit ist das Potpourri auch wunderbar in der Nähe des Kleiderschranks zu gebrauchen. Sie können sich auch kleine Duftbeutelchen nähen oder die getrockneten Pflanzen in Stofftaschentücher einschlagen und direkt zur Wäsche in den Schrank legen.

Geheime Zaubertinktur

Magische-13-Kräuter-Likör

So geht's

1. Den Zucker mit dem Wasser in einem Topf zum Kochen bringen und abkühlen lassen.

2. Im Ansatzgefäß aus Glas den Wodka mit der Zuckerlösung mischen.

3. Nun die Kräuter etwas klein schneiden und zum Alkohol geben. Es dürfen so viele Kräuter sein, dass sie gerade so mit Alkohol bedeckt sind.

4. Den Ansatz 3 Monate an einem schattigen Platz ziehen lassen, dabei immer wieder mal mit dem Holzlöffel umrühren.

5. Nun die Kräuter einmal grob durch ein Sieb ohne Mulltuch abfiltern, dabei diese etwas ausdrücken. Danach den Likör nochmals filtern, dieses Mal durch ein Sieb mit Mulltuch, um auch die kleinen Schwebteile zu entfernen.

6. Den Likör in Flaschen abfüllen und als Aperitif oder Digestif genießen.

Tipp: Die Zusammensetzung der Kräuter ist natürlich frei wählbar. Die Pfefferminze dient hier auch als Geschmacksgeber. Je mehr Pflanzen mit Bitterstoffen verwendet werden, desto wohltuender ist der Likör für die Verdauung!

Material

3 Stiele Pfefferminze, 5 Stiele Gundelrebe, 7 Löwenzahnblätter, 5 Blätter und Blüten des Beinwells, 5 Stiele Schafgarbe, 5 Blätter Spitzwegerich, 7 Triebspitzen Beifuß, 5 Triebspitzen Brennnessel, 3 Stiele Kamille, 10 Malvenblüten, 5 Blätter und Blüten des Gänsefingerkrauts, 13 Königskerzenblüten, 10 Stiele Feldthymian

700 g Zucker

800 ml Wasser

1,4 l Wodka

Utensilien

Topf, Ansatzgefäß aus Glas, Sieb mit Mulltuch, Holzlöffel, Flaschen zum Abfüllen

Grünes Flechtwerk

Gras-Zopf

Material

Langes Gras
Gartenhandschuhe
Schere
Zwirn
Band
Deko-Gefäß

So geht's

1. Die Gartenhandschuhe überziehen und lange Grasbüschel abschneiden. Die braunen verwelkten Grashalme herausziehen und nur die schön grünen Grashalme bündeln, diese am unteren Ende mit einem Band fixieren.

2. Nun wird im klassischen Sinn ein Zopf geflochten. Dabei ist eine weitere Person sehr hilfreich, die das Ende des Zopfs festhält.

3. Das spitze Zopfende mit etwas Zwirn zusammenbinden. Nun werden beide Enden zu einem Kreis im Umfang des Deko-Gefäßes zusammengeführt. Das hübsche Band soll beide Enden fixieren.

4. Der Gras-Zopf kann nun um den oberen Rand des Gefäßes gelegt werden, um beispielsweise einem Blumenstrauß einen dekorativen Saum zu geben. Einfach und schön ist es auch, den Zopf um den Fuß einer Vase zu legen.

Tipp: Mit einem Gras-Zopf lassen sich viele tolle Deko-Ideen umsetzen. Sie können mit ihm beispielsweise Kerzenhalter oder Henkel von Keramikkrügen verzieren, schlingt man 2 Zöpfe wie Ringe ineinander, hat man ein schönes Hochzeitsgeschenk. Ein besonders dick geflochtener Zopf dient als sehr haltbare Tischdekoration. Und wenn Sie möchten, können Sie auch frische Gänseblümchen in den Zopf einflechten. Das verkürzt allerdings die Haltbarkeit.

Rosige Zeiten brechen an

Rosen-Himbeer-Essig

Zutaten

100 g duftende, rote Rosenblüten (z. B. Kartoffelrose)

1,5 l Weißweinessig oder weißer Balsamico-Essig

500 g Himbeeren

Utensilien

Großes Glas oder Ansatzgefäß

Sieb mit Mulltuch

Flaschen zum Abfüllen

So geht's

1. Zuerst wird der Rosen-Essig hergestellt. Dazu die Blütenblätter mit dem Essig mischen und den Ansatz etwa 3 Wochen stehen lassen. Dabei öfters umrühren, damit die Blütenblätter immer mit Flüssigkeit bedeckt sind. Die intensiv rote Farbe entsteht recht zügig.

2. Den Ansatz über ein Sieb mit Mulltuch abgießen und gut abtropfen lassen, die Rosenblätter etwas ausdrücken. Fertig ist der Rosen-Essig!

3. Nun geben Sie die Himbeeren mit dem Rosen-Essig in das Ansatzgefäß und lassen das Ganze etwa 3 Wochen stehen.

4. Zum Abschluss nur noch den Rosen-Himbeer-Essig über ein Sieb mit Mulltuch abgießen, alles gut abtropfen lassen und die Beeren etwas ausdrücken. Den Essig in hübsche Flaschen füllen – und verschenken …

e Zeiter

RHABAR
BER SENF
RHABARBE
R SENF
RHABAR
BER SENF
A
R

Scharfes Gemüsefrüchtchen

Rhabarber-Senf

So geht's

1. Den Rhabarber klein schneiden und in einen Topf geben. Nun 2 EL Honig, 100 ml Wasser und den abgezupften, klein geschnittenen Thymian hinzugeben. Alles zum Kochen bringen, bis auf etwa die Hälfte reduzieren und dann abkühlen lassen.

2. Nun werden die gelben und schwarzen Senfkörner fein gemahlen. Da Senf sich beim Mahlen erhitzen kann, sollten Sie eventuell Pausen machen.

3. Den Rosen-Himbeer-Essig, den Sherry und 2 EL Honig mit der eingekochten Rhabarber-Masse mischen. Das Senfmehl zugeben und alles mit dem Pürierstab pürieren.

4. Das Ganze mit einem Küchentuch abgedeckt etwa 12 Stunden bei Raumtemperatur stehen lassen, ab und an umrühren. Erst durch diesen Prozess wird der Senf fermentiert, entwickelt seine Schärfe und dickt noch etwas ein (d. h. Sie sollten sich nicht wundern, wenn der Senf direkt nach dem Pürieren etwas zu flüssig erscheint). Den fertigen Rhabarber-Senf in heiß ausgespülte, trockene Gläser abfüllen und noch etwa 2 Wochen im Glas reifen lassen, damit er seine endgültige Schärfe entwickelt.

Zutaten

180 g Rhabarber

80 g gelbe Senfkörner

20 g schwarze Senfkörner

4 EL Honig

100 ml Wasser

5 Stiele Thymian

100 ml Rosen-Himbeer-Essig (Rezept S. 62)

50 ml Sherry

Utensilien

Messer

Kochtopf

Kaffeemühle oder Küchenmaschine mit Mahlvorrichtung

Pürierstab

Küchentuch

Gläser zum Abfüllen

Verwunschenes Sommerlicht

Kräuter-Lampion

So geht's

1. Das Transparentpapier in etwa 2 cm x 3 cm große Stücke reißen und in eine Schüssel geben. Etwa 1–2 EL Tapetenkleister nach Packungsanweisung in einer Tasse anrühren.

2. Die beiden Luftballons zur gewünschten Größe aufblasen und die Enden jeweils verknoten. An die Enden je ein Band als Aufhängung fürs spätere Trocknen befestigen. Den ersten Luftballon jetzt mit der einen Hand festhalten und mit den Fingern der anderen Hand Kleister auf seine Oberfläche aufbringen. Oben einen ausreichend großen Teil aussparen – das ergibt später die Öffnung des Lampions.

3. Nun mit den klebrigen Fingern in die Schüssel mit den Transparentpapier-Schnipseln tippen, nach und nach Papier herausfischen und damit den Luftballon rundherum bekleben. Die erste Schicht sollte 2–3 Lagen dick sein. Dann werden die gepressten Blüten und Blätter auf dem Ballon positioniert und mit einer letzten Schicht Transparentpapier rundherum versehen.

4. Den Ballon an dem Band zum Trocknen aufhängen, z. B. über einen Besenstiel. In der Zwischenzeit den zweiten Ballon nach der gleichen Methode bekleben und zum Trocknen aufhängen. Erst wenn das Transparentpapier völlig getrocknet ist, werden die Ballons mit einer Nadel zum Platzen gebracht. Mit einer Nadel jeweils an 2 gegenüberliegenden Stellen Löcher in die Lampions stechen und den Deko-Draht als Aufhängung befestigen.

Tipp: Das Ende der Trocknungsphase ist erreicht, wenn der Ballon sich vom Lampion zu lösen beginnt. Nicht verzweifeln: Das kann schon mal 2–4 Tage dauern.

Material

Gepresste Blüten und Blätter (z. B. Gänsefingerkraut und Vogelknöterich)

1–2 Bögen Transparentpapier

Tapetenkleister

2 Luftballons

Schüssel

Tasse

Löffel

Band oder Kordel

Nadel

Deko-Draht

Herbst

Herbst

Ein letztes sattes **Aufflackern der Natur.** Rote Äpfel *leuchten von den Bäumen* und wecken **unsere Sammelleidenschaft.** Jetzt wird eingekocht *und hübsch dekoriert.*

Süßes für die Gesundheit

Holunderbeeren-Sirup

Zutaten

1 kg Holunderbeeren (ca. 25–35 Dolden)

500 ml Wasser

20 g Löwenzahnwurzel

1 Bio-Zitrone

Daumendickes Stück Ingwer

2 Zimtstangen

750 g Rohrohrzucker (oder weißer Zucker)

Utensilien

Gabel

Topf

Messer

Kochlöffel

Sieb

Mulltuch

Flaschen zum Abfüllen

So geht's

1. Die Holunderdolden waschen und abtropfen lassen. Die Beeren mit einer Gabel oder mit den Fingern abstreifen, 1 kg abwiegen. Die Holunderbeeren zusammen mit dem Wasser in einen großen Topf geben.

2. Die Löwenzahnwurzel mit einer Bürste unter Wasser säubern und in kleine Stücke schneiden. Die Zitrone und der Ingwer werden in Scheiben geschnitten und mit den Zimtstangen zum Holunder gegeben. Alles zusammen 20 Minuten köcheln lassen, dabei immer wieder umrühren. Vorsichtig, es schäumt beim Kochen!

3. Nun alles durch ein Sieb passieren und gut abtropfen lassen. Falls nötig, sollte die Flüssigkeit nochmals durch ein Sieb mit Mulltuch gefiltert werden.

4. Jetzt wird alles zurück in den ausgespülten Topf gegeben, mit dem Zucker vermischt und zu einem Sirup eingekocht. Das Sirup noch heiß in die vorbereiteten Flaschen abfüllen – fertig!

Tipp: Zur Herbst- und Winterzeit empfiehlt es sich, jeden Morgen 1 EL Holunderbeeren-Sirup zur Stärkung des Immunsystems einzunehmen. Und noch ein Tipp zur Ernte: Die Löwenzahnwurzel lässt sich gut mit einem Unkrautstecher aus dem Boden holen. Wurzelstücke von Großer Klette und Engelwurz eignen sich ebenfalls, um aus dem Sirup einen Gesundheitstrank nach Hexenart zu brauen!

HOLLER
BEER
FLIEDER
BEER

Nascherei am Feuer

Apfel-Deko zum Grillen

Material

4 Äpfel mit Stiel und Blatt
4 Etiketten
Buchstabenstempel
Locher
Deko-Draht
Zimt
Zucker
Alufolie
4–8 TL Butter

So geht's

1. Die Etiketten mit den Namen der Gäste bestempeln. Dann ein Loch in jedes Etikett stanzen, ein Stück Draht durchfädeln und jeweils am Stiel eines Apfels befestigen. Nun werden die Äpfel als Willkommensgeschenk auf einem Teller platziert.

2. Zum Grillen Stiele und Blätter der Äpfel entfernen. Mit einem Apfelausstecher außerdem die Kerngehäuse ausstanzen. Die Äpfel vierteln und mit Zimt und Zucker bestreuen.

3. Aus der Alufolie werden kleine Schälchen gebastelt und je 1 TL Butter hineingegeben. Nun die Apfelviertel mit der Schalenseite nach unten dazulegen. Die Schälchen auf den Grill setzen und grillen.

4. Wenn die Unterseite der Äpfel weich geworden ist, werden sie umgedreht. Falls nötig, wird jeweils noch 1 TL Butter dazugegeben und die Äpfel auch von der anderen Seite gegrillt.

Tipp: Im Herbst, wenn zum »Abgrillen« eingeladen wird, ist die Apfelnascherei ein willkommener Abschluss der Grill-Saison! Und wenn der Winterpunsch am Lagerfeuer ruft, ist der gegrillte Apfel eine tolle Überraschung für Kinder.

JULE
JOHANN
MAX
LENI

Vitaminreiche Überraschung

Hagebutten-Chutney

Zutaten

250 g geputzte Hagebutten (ohne Stiel, Blüte und Kerne)

60 ml Olivenöl

4 große, rote Zwiebeln

2 Äpfel, in Würfeln

120 g Zucker

1 daumendickes Stück Ingwer

125 g Weißweinessig

125 ml Sherry süß

Pfeffer

Je ½ TL Zimt, Koriander und Nelke (gemahlen)

Utensilien

Topf

Schraubgläser

So geht's

1. Das Öl erhitzen, die in halbe Scheiben geschnittenen Zwiebeln darin anschwitzen. Nun die gewürfelten Äpfel dazu geben und mit anschwitzen.

2. Von den 120 g Zucker 3 EL abnehmen, zu den Äpfeln geben und etwas karamellisieren lassen.

3. Nun den restlichen Zucker, die Hagebutten, den klein geschnittenen Ingwer und alle weiteren Zutaten untermischen und alles etwa 30–45 Minuten einkochen lassen. Es soll eine dickliche Masse entstehen. Das fertige Hagebutten-Chutney in heiß ausgespülte Schraubgläser füllen und gleich verschließen. Im Kühlschrank ist es gut 4 Monate haltbar.

Tipp: Es lohnt sich, die Hagebutten zeitig im September oder spätestens im Oktober zu ernten – also noch bevor sie zu weich werden. Die Hagebutten der Hundsrose, aber auch die der Kartoffelrose sind bestens zur Verarbeitung geeignet. Etwa 450 g Hagebutten (das entspricht ca. 60–100 Stück) ergeben nach dem Entfernen von Stielen, Blüten und Kernen etwa 250 g. Das Ganze ist in der Tat eine recht mühsame Arbeit. Es macht mehr Spaß, wenn Sie sich Unterstützung von einer guten Freundin holen und gemeinsam einen Kochnachmittag einlegen!

CHUT
NEY

Bunter Herbstwald im Haus

Blätter-Zweige

So geht's

1. Die knorrigen Zweige grob mit dem weißen, matten Sprühlack ansprühen. Das geht am besten vor der Haustür oder bei geöffnetem Fenster, damit man die Dämpfe nicht einatmet. Die angesprühten Äste trocknen lassen und im Zinkgefäß arrangieren.

2. Die gepressten Blätter vorsichtig an ihren Stielen mit dem silbernen Deko-Draht umwickeln und an den Ästen befestigen. Die Enden des Drahts großzügig abschneiden. Mit etwas Masking-Tape ein Blatt an das Zinkgefäß kleben.

3. Eine kleine Glasflasche mit dem Deko-Draht umwickeln und eine Schlaufe zum Aufhängen formen. Dann die Flasche mit Wasser füllen, ein kleines Zweiglein mit roten Beeren hineingeben und das Ganze an einen der angesprühten Zweige hängen.

4. Nun noch die Kerzenhalter mit den Baumkerzen in die Zweige platzieren und fertig ist der etwas andere und lang haltbare Herbststrauß!

Material

Gepresste bunte Herbstblätter

Knorrige Zweige

Weißer Sprühlack, matt

Zinkgefäß

Deko-Draht, silber

Schere

Masking-Tape

Kleine Glasflasche

Kleines Zweiglein Apfelbeere (oder Hagebutte)

Kerzenhalter

Baumkerzen

EssIG
ESsIG

Edel und fein

Holunderbeeren-Essig

So geht's

1. Die Holunderdolden waschen und abtropfen lassen. Die Beeren mit einer Gabel oder mit den Fingern abstreifen und 1 kg abwiegen. Nun die Holunderbeeren in einen Topf geben und mit der Gabel etwas andrücken, den Weißweinessig angießen.

2. Die Vanilleschoten aufschneiden und das Mark auskratzen. Die Wacholderbeeren im Mörser leicht zerstampfen und gemeinsam mit dem Mark und den ausgekratzten Schoten ebenfalls zu den Beeren in den Topf geben. Nun das Ganze aufkochen.

3. Die entstandene Mischung mit leicht geöffnetem Deckel abkühlen und dann zwei Tage zugedeckt ziehen lassen.

4. Den Holunderbeeren-Essig über ein Sieb abgießen und die Beeren gut ausdrücken. Die Flüssigkeit ein zweites Mal durch ein Sieb mit Mulltuch filtern. Den fertigen Essig in Flaschen abfüllen.

Tipp: Dolden mit Holunderbeeren lassen sich wunderbar in einem Eimer waschen: Die unreifen Beeren schwimmen obenauf – und auch die kleinen Tierchen kommen zur Wasseroberfläche und können so von uns gerettet werden. Unerwünschte Schmutzpartikel sinken auf den Eimerboden ab.

Zutaten

1 kg Holunderbeeren (ca. 25–35 Dolden)

1 l Weißweinessig

2 Vanilleschoten

10 Wacholderbeeren

Utensilien

Gabel

Topf

Messer

Mörser

Kochlöffel

Sieb

Mulltuch

Flaschen zum Abfüllen

Herbstliche Versammlung

Mooskranz mit Kastanien und Eicheln

Material

Reichlich Moosplatten

Eicheln

Kastanien (z. T. auch mit Fruchtbecher)

Kleine Zweige mit Hagebutten der Vielblütigen Rose *(Rosa multiflora)*

Kranz-Rohling

Deko-Draht

Kariertes Band

Heißklebepistole

So geht's

1. Den Kranz-Rohling mit Moosplatten umwickeln und dabei mit Deko-Draht fixieren.

2. Das Band als spätere Aufhängung am Kranz befestigen – an dieser Stelle wird auf weitere Dekoration verzichtet.

3. Die Heißklebepistole vorheizen, dann einige Eicheln in ihren Hütchen (auch Fruchtbecher genannt) festkleben. Sie würden sonst im Laufe der Zeit herausfallen. Nach eigenem Geschmack die Kastanien, einige ihrer stacheligen Fruchtbecher sowie die Eicheln mit und ohne Fruchtbecher auf dem Kranz verteilen und festkleben.

4. Als Abschluss die kleinen Zweige mit Hagebutten in den Kranz stecken oder gegebenenfalls auch ankleben. Der Kranz kann als Tür- oder Wandkranz am Band aufgehängt werden – und ist auch für draußen gut geeignet!

Tipp: Es können Kranz-Rohlinge aus Stroh, Styropor oder Weide genutzt werden. Wenn sie den fertigen Kranz im Haus aufbewahren, sollten Sie das Moos ab und an mit etwas Wasser besprühen – so bleibt das Grün länger erhalten.

Knusprig, saftig, lecker!

Apfel-Walnuss-Brot

Zutaten

- 80 g getrocknete Apfelringe
- 100 g Walnüsse
- 125 ml Milch
- 1 Würfel Hefe
- 3 TL Honig
- 250 g Dinkelvollkornmehl
- 250 g Weizenmehl (Typ 405)
- 125 ml Apfelsaft
- 2 TL Salz

Utensilien

- Kleiner Topf
- Große Schüssel
- Holzlöffel
- Küchentuch

So geht's

1. Die Milch erwärmen, von der Kochstelle nehmen und die Hefe darin auflösen. Dann den Honig dazugeben.

2. Beide Mehlsorten in die Schüssel sieben, in die Mitte des Mehlhaufens eine Mulde drücken. Nun die Milch-Hefe-Honig-Mischung in die Mulde schütten und dort mit einem Holzlöffel mit einem kleinen Teil des Mehls verrühren.

3. Den Apfelsaft mit dem Salz am Schüsselrand angießen. Die Schüssel mit einem Küchentuch abdecken und an einem warmen Ort 20 Minuten gehen lassen. Dann alles gut und kräftig durchkneten, bis ein geschmeidiger Teig entstanden ist. Wenn der Teig zu sehr klebt, können Sie mit etwas Mehl nachhelfen. Den fertigen Teig zugedeckt 45 Minuten gehen lassen.

4. In der Zwischenzeit die Apfelringe klein schneiden sowie die Walnüsse knacken und grob hacken. Nach den 45 Minuten beide Zutaten in den Teig einarbeiten und zu einem Brot formen. Das Brot wiederum 45 Minuten gehen lassen. Währenddessen den Backofen auf 180 °C vorheizen. Dann 1 Tasse Wasser und das Brot in den Ofen stellen, das Ganze etwa 35 Minuten backen.

Tipp: Walnüsse sind reif, wenn sie vom Baum fallen und sich aus ihrer Schale lösen. Zu dieser Zeit können Sie beinahe täglich ernten. Die gesammelten Walnüsse mit einer trockenen Bürste vom Schmutz befreien und dann einige Tage in der Wohnung trocknen lassen.

Gesundes Naschwerk

Getrocknete Apfelringe

Zutaten

Äpfel alter Streuobstwiesen mit viel Geschmack (z. B. Ingrid Marie)

1 Zitrone

Wasser

Utensilien

Zitronenpresse

Schüssel

Scharfes Messer

Backbleche

Backpapier

Holzlöffel

Evtl. Dörrgerät

So geht's

1. Die Zitrone auspressen und in einer Schüssel mit etwas Wasser mischen.

2. Die Äpfel samt der Schale in etwa 2 mm dicke Ringe schneiden und gleich in das Zitronenwasser legen. Es soll verhindern, dass die Apfelringe braun werden.

3. Den Backofen auf 50 °C erhitzen. Die Backbleche mit Backpapier auslegen und mit den Apfelringen belegen. Nun das Ganze in den Backofen schieben und die Tür mithilfe eines Holzlöffels geöffnet lassen. Die Apfelringe nun einige Stunden – oder auch über Nacht – trocknen lassen. Die Ringe dabei ab und an wenden. Wer ein Dörrgerät besitzt, kann die Trocknungszeit damit verkürzen.

4. Der Trocknungsvorgang ist beendet, wenn beim Aufschneiden eines Apfelrings kein saftiges Fruchtfleisch mehr zu sehen ist. Die Konsistenz sollte ledrig sein und auf Druck leicht nachgeben.

Tipp: Äpfel mit roter Schale sehen generell nach dem Trocknen hübscher aus. Auf dekorative Bänder aufgefädelt, sind die getrockneten Apfelringe ein pfiffiges kulinarisches Gastgeschenk. Ist Besuch im Anmarsch, können Sie auch als herbstliche Platzkärtchen Bänder mit Namensschildchen an die Apfelringe anbringen und dann um die Servietten wickeln. Oder Sie verarbeiten die Ringe zu einem leckeren Apfel-Walnuss-Brot (Rezept Seite 82) weiter!

schwerk

Feuerwerk der Farben

Kürbis-Vase

Material

1 großer Halloweenkürbis

2 kleinere Halloweenkürbisse

Herbstblüten aller Art (hier: Aster, Phlox, Herbstanemone, Pfaffenhütchen, Holunderbeeren, Samenstand der Wilden Karde, Hagebuttenzweig, Rose, Stockrose)

Teppichmesser, Skalpell oder kleine Stichsäge

Verschieden große Wassergläser

Löffel

Sand

Kerze

So geht's

1. Den Deckel der Kürbisse abschneiden bzw. absägen und die Kürbisse mit einem Löffel aushöhlen.

2. In den großen ausgehöhlten Kürbis ein entsprechend großes Glas stellen, dieses mit Wasser füllen und den Herbststrauß darin arrangieren. Genauso mit einem der kleineren Kürbisse verfahren und diesen ebenfalls mit einem Blumenarrangement im Glas schmücken.

3. Der kleinste Kürbis wird mit Sand befüllt, sodass die Kerze darin Halt findet. Die Pfaffenhütchen verdecken geschickt den Sand, müssen allerdings täglich erneuert werden. Wem das zu umständlich ist, der wählt stattdessen einfach einen Kranz aus Hagebutten.

HASEL
NUSS
MUS

Schoko-Nuss-Verführung

Haselnuss-Mus

So geht's

1. Die Haselnüsse in einer beschichteten Pfanne fettfrei anrösten. Unbedingt dabeibleiben, damit die Nüsse nicht zu dunkel anrösten. Sie sollen einen feinen Duft bekommen.

2. Die Nüsse etwas abkühlen lassen und mit den Fingern oder mit einem Tuch möglichst viel der braunen Haut abreiben, sodass viel helle Nuss zurückbleibt. Nun die Nüsse völlig erkalten lassen.

3. Die Nougatschokolade im Wasserbad schmelzen. Dabei darauf achten, dass die Temperatur nicht zu hoch wird. Dann den Zucker und die Milch zur warmen Schokolade geben.

4. Zum Schluss noch die Butter in der warmen Masse schmelzen. Das fertige Mus in die Schraubgläser abfüllen und im Kühlschrank erhärten lassen. Es ist etwa 3 Wochen haltbar – aber in der Regel schon vorher aufgebraucht!

Tipp: Anstelle der Nougatschokolade kann man natürlich auch Schokolade mit 70 % Kakaoanteil verwenden.
Haselnüsse fallen vom Baum, wenn sie reif sind. So kann man sie nach und nach vom Boden auflesen und dann verwerten. Sollten ihre Schalen schmutzig sein, können Sie sie mit einem trockenen Tuch abreiben und dann trocken lagern.

Zutaten

100 g Haselnüsse (ohne Schale)

250 g Nougatschokolade

40 g Zucker

160 ml Milch

150 g Butter (zimmerwarm)

Utensilien

Beschichtete Pfanne

Topf

Edelstahlschüssel

Schraubgläser

Kleine Mondscheiben

Silberblatt-Herzchen

So geht's

1. Das Band als Erstes am Draht-Herz verknoten, damit die Silberblatt-Dekoration drumherum angebracht werden kann.

2. Mit dem Deko-Draht die erste Silberblatt-Schote am kleinen Stielausläufer umfassen und an das Herz knoten. Nach und nach vorarbeiten, bis das ganze Deko-Herz mit silbrigen Schoten verziert ist. Dies ist eine kleine Konzentrationsarbeit, aber der Aufwand lohnt sich!

3. Am Ende wird auch die Lampionblume am Stielende mit dem Draht umwickelt und am Deko-Herz befestigt. Fertig!

Tipp: Man braucht ein paar mehr Schoten des Silberblatts zur Auswahl, da doch hier und da der Stiel oder die dünne Scheidewand bricht. Stellen Sie unbedingt Kerzen in der Nähe des Silberblatt-Herzchens auf – das Licht spiegelt sich besonders zauberhaft darin!

Material

Mehrere silbrige Schoten des Einjährigen Silberblatts *(Lunaria annua)*

1 Kelch der Lampionblume *(Physalis alkekengi)*

Vorgefertigtes Draht-Herz (aus dem Bastelbedarf)

Band

Deko-Draht

Outdoor-Spielerei

Magnetwand – 3 gewinnt!

Material

(Altes) Holzbrett
Bohrer
Magnetfarbe
Tafellack
Heißkleber
Magnetscheiben
Eicheln
Kastanien
Kreide
Kordel
2 Nägel
Hammer

So geht's

1. Das Holzbrett für die Befestigung oben an 2 Stellen anbohren.

2. Nun das Brett mit der Magnetfarbe nach Anweisung lackieren und trocknen lassen. Dann das Ganze mit dem Tafellack überstreichen und ebenfalls entsprechend der Hersteller-Vorgaben trocknen lassen.

3. Mit Heißkleber jeweils 3 Magnetscheiben mit Kastanien und 3 mit Eicheln bekleben. Die Eicheln in ihren Hütchen ebenfalls mit etwas Kleber befestigen, da sie sonst im Laufe der Zeit herausfallen.

4. Mit Kreide das Spielfeld aufmalen und die Kordel durch die 2 Löcher ziehen und verknoten. Mit 2 kleinen Nägeln und Hammer lässt es sich nun problemlos aufhängen. Das Spielbrett kann als kreatives Mitbringsel verschenkt werden – oder es findet seinen Platz bei Ihnen zu Hause an einer Wand oder draußen an einer Schuppentür. Und los geht's: 3 gewinnt!

Tipp: Die Kastanien und Eicheln lassen sich dank des Heißklebers auch problemlos wieder von den Magnetscheiben lösen. So könnten Sie stattdessen beispielsweise im Sommer gesammelte Muscheln aufkleben

elerei

»Davon will ich mehr«-Soße!

Würzsoße mit Holunderbeeren

Zutaten

- 1,5 kg Holunderbeeren (entspricht ca. 50 Dolden)
- 150 g Zwiebel
- 1 daumendickes Stück Ingwer
- 150 g brauner Zucker
- ½ TL gemahlene Nelken
- 1 TL schwarze Pfefferkörner
- Salz
- 2 Sternanis
- 200 ml Weißweinessig
- Evtl. ca. 50 g Gelierzucker (1:1)

Utensilien

- Gabel
- Großer Topf
- Messer
- Kleine Reibe
- Sieb
- Flaschen zum Abfüllen

So geht's

1. Die Holunderdolden waschen und abtropfen lassen. Die Beeren mit einer Gabel oder mit den Fingern abstreifen. Insgesamt 1,5 kg abwiegen und die Beeren in einen großen Topf geben.

2. Die Zwiebel würfeln, den Ingwer reiben und mit den restlichen Zutaten – außer dem Gelierzucker – ebenfalls in den Topf geben. Alles zusammen etwa 45–60 Minuten einkochen lassen.

3. Die Beerenmasse durch ein Sieb passieren und nochmals aufkochen lassen. Sollte die Soße nun noch zu dünnflüssig sein, wird sie mit etwa 50 g Gelierzucker angedickt und weitere 4 Minuten gekocht.

4. Die fertige Soße heiß in die vorbereiteten Flaschen füllen.

Tipp: Diese Soße ist eine süß-säuerliche, würzige Köstlichkeit und passt beispielsweise hervorragend zu gebackenem Hokkaido-Kürbis mit Kräuterschmand.

HOLUN
DER
BEER
WÜRZ
SAUCE

Leuchtendes Herbstlicht

Lampion-Kranz

So geht's

1. Mit dem Deko-Draht durch die Kelche der Lampionblume stechen und auf diese Weise einen Kranz formen.

2. Die Drahtenden des Kranzes miteinander verdrehen und abschneiden. Deko-Draht lässt sich einfach mit handelsüblichen Scheren bearbeiten.

3. Nun wird das Band durch den Kranz gefädelt, gut um das Glas gezurrt und verknotet.

4. Um die Farben des Herbsts hochleben zu lassen, passt eine rosa- bis magentafarbene Kerze schön ins Arrangement. Die Hagebutten noch um die Kerze herum auf den Boden des Weckglases streuen – und fertig ist das Herbstlicht!

Material

Ca. 7 Kelche der Lampionblume

Hagebutten von Hund- und Kartoffelrose

Deko-Draht

Schere

Rotes Band

Hohes Weckglas

Rosa- oder magentafarbene Kerze

Winter

Draußen **vor der Haustür** ist es stiller geworden. Der gesammelte Vorrat wird jetzt *kreativ genutzt* und weihnachtlich inspiriert zu **Kränzen und Gebäck verarbeitet.**

Wild at heart

Holunderblüten-Plätzchen

Zutaten

Ca. 75 g Holunderblüten-Gelee

200 g Butter

100 g Zucker

1 Prise Salz

2 Eigelbe

1 Vanilleschote

300 g Mehl

100 g gemahlene Mandeln

Puderzucker zum Bestäuben

Utensilien

Messer

Rührschüssel

Plätzchenausstecher in Blütenform

Backblech

Backpapier

Kuchengitter

Kleiner Topf

Kleiner Löffel

So geht's

1. Die Butter würfeln und in die Schüssel geben, dann mit dem Zucker, dem Salz, den 2 Eigelben und dem ausgekratzten Vanillemark vermischen.

2. Nun noch das Mehl in die Schüssel sieben und alles zusammen mit den gemahlenen Mandeln zu einem homogenen Teig verkneten.

3. Aus dem Teig werden mit den Händen etwa walnussgroße Kugeln geformt. Diese jeweils zwischen den Handflächen zu einem Fladen drücken. Mit dem Plätzchenausstecher werden aus den Mini-Fladen Blüten ausgestochen (eventuell muss die Arbeitsfläche zuvor etwas bemehlt werden). In die Blütenmitte jeweils mit dem Daumen vorsichtig eine Mulde drücken. Nun werden die Blüten auf ein mit Backpapier ausgelegtes Backblech gelegt und im vorgeheizten Backofen bei 175 °C (Ober/Unterhitze) etwa 15 Minuten gebacken.

4. Die noch warmen Plätzchen mit Puderzucker bestäuben und auf einem Kuchengitter auskühlen lassen.

5. Das Holunderblüten-Gelee in einem Topf erwärmen und in die kleinen Mulden füllen. Achtung: Diese Plätzchen machen abhängig!

Draußen vom Walde …

Kiefernkranz

Material

Kiefernzapfen
Sprühlack, weiß, matt
Kranz-Rohling aus Stroh
Band
Heißkleber

So geht's

1. Von den Kiefernzapfen den Stielansatz abbrechen (das geht ganz einfach per Hand), sodass sie eine bessere Auflagefläche erhalten. Nun die Zapfen mit Sprühlack leicht weiß ansprühen und trocknen lassen.

2. Den Kranz-Rohling aus Stroh ebenfalls weiß ansprühen und trocknen lassen. Dann das Band um den Kranz legen und verknoten.

3. Mit der Heißklebepistole zuerst auf der höchsten Stelle des liegenden Kranzes einen engen Kreis aus weißen Kiefernzapfen kleben. Dann den inneren und den äußeren Rand des Kranzes ringförmig bekleben, dabei möglichst immer versetzt arbeiten. Das Band sollte optisch von den Zapfen verdeckt werden, aber etwas Platz zum Bewegen haben.

4. Bei der hintersten Reihe, die später zur Wand zeigen wird, reicht es aus, die Zapfen nur noch in die Lücken der vorherigen Reihe zu kleben.

Tipp: Es braucht etwas Geduld, bis der Heißkleber fest geworden ist und die Kiefernzapfen gut halten. Bewegen Sie den Kranz bis dahin möglichst wenig.

Kulinarisches Versprechen

Menükarte mit Zweigen

Material

Kleine Zweige der Erle

Bemooste Zweige (z. B. von Obstbäumen)

Gartenschere

Heißklebepistole

Karten aus farbigem Karton (postkartengroß)

Etwas Karton in ähnlicher Farbe

Motivstanzer Schneekristall

Stopfnadel

Küchengarn

Stift

So geht's

1. Die bemoosten Zweige für das Tannenbaummotiv mit der Gartenschere auf die entsprechenden Größen bringen und mit der Heißklebepistole auf eine Karte aufkleben.

2. Einen schönen kleinen Erlenzweig aussuchen und auf eine weitere Karte aufkleben.

3. Mit dem Motivstanzer 2 Schneekristalle aus einem Karton (in ähnlicher Farbe wie die der Karten) ausstanzen und beschriften. Mit einer Stopfnadel je ein kleines Loch vorstechen, etwas Küchengarn durchfädeln und verknoten. Die Kristalle damit an den Zweigen der Menükarten befestigen.

Tipp: Natürlich können Sie diese winterlichen Karten auch für andere Zwecke verwenden, beispielsweise als Platzkarten. Ein persönlicher Gruß auf der Innenseite heißt die Gäste willkommen.

Menü
Menü

Von Bären bevorzugt

Honiglikör

Zutaten

500 g Akazienhonig
2 Päckchen Vanillezucker
500 ml Wodka
1 Bio-Zitrone
1 Bio-Orange
2 Vanilleschoten
2 Stangen Zimt
2 Gewürznelken

Utensilien

Topf
Ansatzgefäß aus Glas
Messer
Sparschäler
Sieb
Flaschen zum Abfüllen

So geht's

1. Den Honig in einem Topf erwärmen, aber nicht zum Kochen bringen. Den Vanillezucker zugeben und im Honig auflösen. Das Ganze abkühlen lassen und dann mit dem Wodka in einem Ansatzgefäß mischen.

2. Mit dem Sparschäler die Schalen der Zitrone und der Orange abschälen und in das Ansatzgefäß geben. Das Mark aus den Vanilleschoten kratzen und zusammen mit den Schoten (die auch noch viel Aroma enthalten) sowie den restlichen Gewürzen zugeben.

3. Die Mischung 8 Tage durchziehen lassen und danach durch ein Sieb filtern. Jetzt kann der leckere Likör in Flaschen abgefüllt werden.

Tipp: Wenn der Likör zu viele Trubstoffe am Boden absetzt, kann man den klaren Teil über einen Schlauch abziehen und den trüberen Rest beispielsweise wunderbar für einen Panettone (Rezept Seite109) nutzen.

Honiglikör
vorzügl

Weihnachtlicher Kuchenschmaus

Panettone mit Honiglikör

So geht's

1. Den Honiglikör in eine Schüssel geben und mit dem Orangeat, dem Zitronat und den Rosinen 2 Stunden ziehen lassen. Dann das Mehl in eine separate Rührschüssel sieben, in die Mitte eine Mulde drücken und die Hefe hineinbröckeln. Nun 1 EL Zucker über die Hefe streuen und den Rest des Zuckers um die Mulde herum verteilen. Die Milch erwärmen und einen Teil der Milch zum Hefe-Zucker-Gemisch geben, den Rest der Milch ebenfalls an den Rand der Schüssel schütten. Mit einem Kochlöffel die Mischung in der Mulde verrühren und alles zugedeckt 20 Minuten an einem warmen Ort gehen lassen.

2. Die Eier, das Salz und die zerkleinerte Butter zur Mehlmischung geben und alles kräftig kneten. Den Marzipan in grobe Würfel schneiden und gemeinsam mit der Mischung aus Orangeat, Zitronat und Rosinen mit in die Rührschüssel geben. Alles gut verkneten, bis ein weicher Teig entsteht. Erneut das Ganze zugedeckt an einem warmen Ort 20 Minuten gehen lassen.

3. Nochmals den Teig kurz kneten und dann in die Backformen füllen. Formen aus Pappe müssen im Gegensatz zu herkömmlichen Backformen nicht eingefettet werden. Die Kuchen im vorgeheizten Backofen bei 160 °C (Umluft) etwa 20 Minuten backen. Etwa 30 g Butter auf den noch heißen Panettonen verteilen und einziehen lassen. Wer mag, kann mit einem Holzstäbchen in die Kuchen einstechen und sie noch mit Honiglikör tränken. Nach dem Abkühlen mit Puderzucker bestreuen.

Tipp: Die kleinen Kuchen können auch in Tassen gebacken werden, die dann gleich mit verschenkt werden!

Zutaten

- 100 ml Honiglikör
- 100 g Orangeat, 100 g Zitronat, 150 g Rosinen
- 450 g Mehl
- 1 Hefewürfel
- 100 g Zucker
- 125 ml Milch
- 6 Eier, 1 Prise Salz
- 200 g Butter
- 100 g Marzipan
- 30 g Butter
- Evtl. etwas Honiglikör zum Tränken
- Puderzucker

Utensilien

- Schüssel, Rührschüssel
- Sieb, Kochlöffel
- Muffin- oder andere kleine Backformen
- Evtl. Holzstäbchen
- Kleines Sieb für Puderzucker

Zauberhaftes Schneelicht

Eis-Laterne

Zutaten

Blütenstängel der Christrose

Mistelzweige

Zweige der Stechpalme *(Ilex aquifolium)* mit Beeren

Unterschiedlich breite Kunststoffgefäße

Destilliertes Wasser

Sand

Klebeband

Teelicht

So geht's

1. In das breitere Gefäß wird eine etwa 2 cm dicke Schicht destilliertes Wasser gegossen und zum Gefrieren gebracht. Diese ergibt später den Boden der Laterne.

2. Das schmalere Gefäß mit Sand füllen, damit es eine gewisse Schwere erreicht. Nun wird es im größeren Gefäß platziert und mit einem Klebeband fixiert.

3. Nun den Zwischenraum der Gefäße mit destilliertem Wasser aufgießen und die Blütenstängel und Zweige darin arrangieren. Wiederum das Wasser gefrieren lassen.

4. Zum Abschluss den Klebestreifen und den Sand aus dem kleineren Gefäß entfernen und dafür vorsichtig heißes Wasser hineinfüllen, damit es sich gut herauslösen lässt. Die Eis-Laterne mit einem Teelicht bestücken – und schon können Sie sich vom Winterlicht verzaubern lassen!

Schne

licht

Schönes neues Jahr!

Glücksnüsse

Material

Walnüsse
Mistelzweig
Kleine Wäscheklammern
Sprühlack, weiß, matt
Transparentpapier
Stift oder PC mit Drucker
Cutter und Lineal oder Papierschneidemaschine
Rot kariertes Band
Schere
Streichholz

So geht's

1. Die Walnüsse vorsichtig aufknacken, sodass sie möglichst in 2 gleiche Hälften getrennt werden. Die Walnusshälften und die kleinen Wäscheklammern weiß ansprühen und trocknen lassen.

2. Einige gute Wünsche in Schönschrift auf Transparentpapier schreiben. Wer möchte, kann natürlich auch PC und Drucker zur Hilfe nehmen. Einige Vorschläge: »Schöne Erfahrungen sollen Dich begleiten! / Liebe möge Dein Herz erfreuen! / Schön, dass es Dich gibt! / Wundervolle Erlebnisse heißen Dich willkommen! / Finde Zufriedenheit in allem, was ist! / Mut, Kraft und Güte liegen auf Deinem Weg!« Die Wünsche jeweils zu schmalen Papierstreifen zuschneiden.

3. Die karierten Bänder grob mit der Schere auf die gewünschten Längen bringen (hier etwa 25 cm) und bereitlegen. Mithilfe eines Streichholzes den ersten Papierstreifen klein aufrollen und in einer Walnusshälfte platzieren. Dabei einen Teil des Papierstreifens herausspitzen lassen. Die passende andere Walnusshälfte auflegen und die Nuss mit einem Stück karierten Band verknoten.

4. Die Nüsse mithilfe der Bänder und der Wäscheklammern am Mistelzweig befestigen. Die guten Wünsche werden später einfach aus den Nüssen herausgezogen oder vom Ast abgenommen.

Tipp: Diese Idee lässt sich auch wunderbar zum Adventskalender erweitern! Für den Eigengebrauch darf man übrigens Misteln ernten. Die Mistel galt schon bei den Kelten als heilige Pflanze, die eine magische Wirkung besaß. So sollte sie vor bösem Zauber schützen und wurde als Allheilmittel verwendet.

Elfengleich

Erlenkranz mit Kiefernzapfen

So geht's

1. Die Kiefernzapfen weiß ansprühen und trocknen lassen.

2. Mit dem Deko-Draht werden die Erlenäste um den Metallring gebunden. Hier und da können einzelne Ästchen hineingesteckt werden, falls sich Lücken auftun.

3. Mithilfe des Deko-Drahts eine Aufhängung am Kranz anbringen und ihn aufhängen. Die Kerzenhalter mit Kerzen an den Kranz klemmen.

4. Nun die erste Metallöse einfach per Hand in die Unterseite eines Kiefernzapfens drehen. Durch diese wird ein längeres Stück Küchengarn durchgefädelt, nach Geschmack wird es vor dem Verknoten der Enden noch zusätzlich mit Perlen verziert. Mit den anderen Zapfen ebenso verfahren. So kann der Kranz nach Lust und Laune mit Zapfen- und Metallanhängern weihnachtlich geschmückt werden.

Tipp: Anstelle eines gekauften Metallrings aus dem Bastelbedarf kann man sich natürlich auch selber aus Draht einen Ring herstellen, an dem die Erlenzweige befestigt werden.

Zutaten

Kiefernzapfen
Äste der Erle mit Zapfen
Sprühlack, weiß, matt
Deko-Draht, silber
Metallring (Bastelbedarf)
Kerzenhalter
Baumkerzen
Metallösen
Küchengarn
Perlen
Metallanhänger

Des Vogels Wonne

Vogelfutter selbst gemacht

So geht's

1. Das Kokosfett in einem Topf zum Schmelzen bringen und dann wieder abkühlen lassen.

2. Nun die Beeren und das Vogelfutter zugeben und soweit abkühlen lassen, bis eine festere Masse entstanden ist.

3. Die Küchenschnur für das Umwickeln und Aufhängen der Tannenzapfen zuschneiden. Nun jeweils ein Stück Schnur zwischen den unteren Zapfenschuppen entlangführen und die Enden verknoten. Die Netze werden zu Quadraten oder Rechtecken zurechtgeschnitten.

4. Die Zapfen in eine Schale legen und mit den Händen das Futter-Fett-Gemisch in jeweils eine Hälfte des Zapfens einarbeiten. Das Ganze im Kühlschrank erhärten lassen und dann die zweiten Hälften nach dem gleichen Schema mit Futter füllen.

5. Für die Meisenknödel werden aus dem restlichen Futter-Fett-Gemisch mit den Händen Kugeln geformt. Diese in die vorbereiteten Netze legen, mit etwas Küchenschnur zubinden und in einer Schale oder auf einem Brettchen im Kühlschrank erhärten lassen.

Tipp: Die Tannenzapfen sollten vor der Verarbeitung kurz in der warmen Wohnung gelagert werden, damit sie ihre Schuppen öffnen.

Material

2 Tannenzapfen

30 g getrocknete Beeren (z.B. von Holunder, Feuerdorn, Apfeldorn, Apfelbeere, Vogelbeere oder Hagebutten)

150 g gemischtes Vogelfutter

250 g Kokosfett

Topf

Kochlöffel

Küchenschnur

Schere

3 Netze von Clementinen o. Ä.

Mehrere Schalen

Papier-Küchentücher

Wildkräuter im Porträt

Sie sollten immer nur Pflanzen sammeln, die Sie mit Sicherheit *erkennen und bestimmen können.* Ernten Sie bitte niemals eine Pflanze komplett ab – so hat sie die Chance, sich *wieder zu vermehren!*

Ackersenf *(Sinapis arvensis)*
Standort: Brachland, Äcker, Gärten
Sammelgut/-zeit: Blätter, Blüten, Triebe und Samen von Mai bis Oktober
Geschmack: würzig, scharf

Bärlauch *(Allium ursinum)*
Standort: feuchte, lichte Laubwälder, Auwälder mit humusreichem Boden. Lässt sich auch gut im heimischen Garten bei passendem Standort anpflanzen.
Sammelgut/-zeit: Blätter vor der Blüte von März bis Mai (die Blüten sind aber auch essbar). Die Zwiebeln im Sommer und Herbst.
Geschmack: knoblauchartig
Achtung: Der Bärlauch wird leicht mit den giftigen Blättern des Maiglöckchens, der Herbstzeitlosen und des Aronstabs verwechselt – aber nur die Blätter des Bärlauchs duften beim Zerreiben nach Knoblauch.

Beifuß *(Artemisia vulgaris)*
Standort: Weg- und Gebüschränder, Brachland, Böschungen
Sammelgut/-zeit: junge Triebe mit noch geschlossenem Blütenstand von Mai bis August (danach werden sie zu holzig)
Geschmack: herb, leicht bitter

Beinwell *(Symphytum officinale)*
Standort: nasse Wiesen, Wegränder, Gräben, Bachufer
Sammelgut/-zeit: junge Triebe und Blätter von April bis August, auch die Blüten sind wohlschmeckend. Die Verwechslung mit dem giftigen Fingerhut lässt sich durch das Zerreiben der Blätter vermeiden: Beinwellblätter riechen nach Gurke und sind rau.
Geschmack: leicht gurkig

Echter Steinklee *(Melilotus officinalis)*
Standort: Brachland, Wegränder, Böschungen
Sammelgut/-zeit: Blütenstängel von Mai bis September. Das enthaltene Cumarin verleiht dem Kraut nach dem Trocknen seinen würzig-süßen Duft.
Geschmack: Echter Steinklee wird als Duftpflanze zur Aromatisierung sowie zur Dekoration genutzt und auch als Heilkraut verwendet.

Gänseblümchen *(Bellis perennis)*
Standort: Wiesen, Weiden, Parkrasen, Grünflächen
Sammelgut/-zeit: junge Blätter und Blüten während des ganzen Jahres, sie sind sehr häufig und weit verbreitet
Geschmack: mild, schwach würzig, leicht nussig, wenig bitter, leicht herb

Gänsefingerkraut *(Potentilla anserina)*
Standort: Wiesen, Wegränder, Brachland
Sammelgut/-zeit: junge Blätter und Blüten von Mai bis August
Geschmack: herb, leicht bitter

Giersch/Geißfuß *(Aegopodium podagraria)*
Standort: Gärten, feuchte Gebüsche, Waldränder, Flussufer

OBEN: Die Blüten des Beinwells sind eine herrliche Salatdekoration. Seine Blätter lassen sich – wie im Brennnessel-Chips-Rezept (S. 25) beschrieben – mit einem Bierteig in heißem Fett ausbacken.

Sammelgut/-zeit: junge, zarte, glänzende Blätter, fast das ganze Jahr über. Giersch erkennt man gut am rötlich auslaufenden Stängel, der hohl und gerillt ist, sowie an seinen dreizählig gefiederten Blättern. Beim Zerreiben der Blätter duftet er nach Karottengrün.
Geschmack: Giersch lässt jedes Wildkräuterherz höher schlagen! Sein Geschmack ist würzig-aromatisch und ähnelt dem Duft von Karottengrün oder dem Geschmack von Petersilie.

Gundelrebe/Gundermann *(Glechoma hederacea)*
Standort: feuchte Wiesen, lichte Laub-, Misch- und Auwälder, Gärten
Sammelgut/-zeit: junge Blätter und Triebe von April bis Juni, gerne auch zur Blütezeit
Geschmack: stark würzig und harzig, es ist daher eher ein Würzkraut. Beim Zerreiben der Blätter verströmt die Gundelrebe ihren typischen, mit ätherischen Ölen getränkten Duft – und danach schmeckt sie auch.

Haselnuss *(Corylus avellana)*
Standort: Hecken, Wald- und Wegränder, Böschungen
Sammelgut/-zeit: Nüsse ab September, wenn sie vom Baum abfallen und sich bereits bräunlich färben. An einem trockenen Ort nachreifen lassen.
Geschmack: nussig

Hundsrose, Heckenrose *(Rosa canina)*
Kartoffelrose *(Rosa rugosa)*
Standort: als Hecke an Weg- und Waldrändern, Gebüsche
Sammelgut/-zeit: die Blüten von Mai bis Juli, die Hagebutten von Ende September bis Oktober
Geschmack: Die Blüten schmecken zart rosig bis intensiv blumig, die Hagebutten säuerlich aromatisch bis vanilleartig.

Schwarzer Holunder *(Sambucus nigra)*
Standort: Waldränder, Heckenlandschaften
Sammelgut/-zeit: die Blüten im Mai und Juni, die Beeren im August und September
Geschmack: Die Blüten sind stark duftend und schmecken süßlich, blumig.

Königskerze *(Verbascum densiflorum)*
Standort: Wegränder, Böschungen
Sammelgut/-zeit: die Blüten ab Juli bis September
Geschmack: süßlich-neutral (eine häufige Beimischung für Hustentees)

Knoblauchrauke *(Alliaria petiolata)*
Standort: auf feuchten Böden, Laubwälder, Hecken, Zäune
Sammelgut/-zeit: Blätter und junge Triebe von April bis Juni
Geschmack: als »kleine Schwester« (nicht botanisch) von Bär- und Knoblauch etwas knoblauchartig, etwas bitter, etwas scharf

Löwenzahn *(Taraxacum officinale)*
Standort: Wiesen
Sammelgut/-zeit: die jungen Blätter (besonders im Frühjahr), die Ansätze der Blütenknospen unten in der Blattrosette, die gezupften Blütenblätter zur Dekoration
Geschmack: leicht bitter, etwas herb. Der »Wildkräuteranfänger« kann die Blätter vor dem Verzehr etwa 1–2 Stunden in Wasser einlegen, das vermindert ihre Bitterkeit. Aber Bitterstoffe sind gesund!

Mädesüß *(Filipendula ulmaria)*
Standort: an Bachläufen, Uferböschungen, Gräben und feuchten Wiesen
Sammelgut/-zeit: Blätter, Blüten von Juli bis August
Geschmack: erinnert an den Geschmack von Mandeln

Rainfarn *(Tanacetum vulgare)*
Standort: Weg- und Waldränder, Böschungen, Ödland
Sammelgut/-zeit: Blätter und Blüten von Juli bis September. Sie werden eher zum Aromatisieren genutzt,

wir pflücken den ganzen Stängel zur Dekoration.
Geschmack: aromatisch bitter

Schafgarbe *(Achillea millefolium)*
Standort: Wiesen, Wegränder, Weiden
Sammelgut/-zeit: junge Blätter zum Verzehr vor der Blüte etwa im Mai. Die Blüte wird samt Stängel ab Juni geerntet und dann zur Dekoration oder als Heilpflanze verwendet.
Geschmack: herb, leicht bitter

Sauerampfer *(Rumex acetosa)*
Standort: Wiesen, Weiden, Uferböschungen
Sammelgut/-zeit: Blätter, Triebspitzen, Blütenknospen, Samen von Mai bis August. Wir nutzen hier die jungen Blätter und verwenden sie roh. Gekocht verlieren sie an Aroma und werden grau.
Geschmack: säuerlich frisch

Schmalblättriges Weidenröschen
(Epilobium angustifolium)
Standort: Wald- und Gebüschränder, Brachland
Sammelgut/-zeit: Blätter, Blüten, Stängel, Wurze (auch zum Verzehr geeignet) von Juni bis August

Spitzwegerich *(Plantago lanceolata)*
Standort: Wegränder, Rasenflächen, Weiden und Ödland
Sammelgut/-zeit: die jungen, saftigen Blätter ab Mai/Juni
Geschmack: grün, grasig, erdig

RECHTS: Gundelrebe (oben) und Knoblauchrauke (unten) sind köstliche Frühlingsschönheiten!

Vogelmiere *(Stellaria media)*
Standort: Wiesen, Äcker
Sammelgut/-zeit: das ganze Kraut fast das ganze Jahr über (die Stängel können etwas hart sein, evtl. nur die Blätter abzupfen). Vogelmiere ist sehr verbreitet und gut an den aufgestellten Härchen auf nur einer Seite des Stängels erkennbar.
Geschmack: nach jungem Mais, eines der schmackhaftesten Wildkräuter

Waldmeister *(Galium odoratum)*
Standort: schattige Laubwälder, oft ein Buchenwaldbegleiter
Sammelgut/-zeit: die Triebspitzen im April/Mai. Wenn Sie diese etwas antrocknen lassen, entfaltet sich der Duft und damit wird auch der Geschmack intensiver. Das enthaltene Cumarin kann in größeren Mengen Kopfschmerzen verursachen.
Geschmack: typischer Waldmeistergeschmack

Walnussbaum *(Juglans regia)*
Standort: tiefgründiger, mineralstoff- und kalkreicher Lehmboden – daher häufig Kultur im Garten
Sammelgut/-zeit: Nüsse ab Ende September. Die reifen Früchte fallen vom Baum und müssen nach und nach aufgesammelt werden. An einem trockenen Ort nachreifen lassen.
Geschmack: nussig

Weiße Taubnessel *(Lamium album)*
Standort: Weg- und Waldränder, Gebüsche, Brachland
Sammelgut/-zeit: Blätter und Triebspitzen, Blüten von April bis Oktober
Geschmack: Die Blüten haben eine süßliche Note. Die Blätter und die Triebspitzen können wie Brennnesseln verwendet werden.

Wiesenschaumkraut *(Cardamine pratensis)*
Standort: feuchte Wiesen, Uferböschungen und Gräben
Sammelgut/-zeit: junge Blätter, Blütenknospen und Blüten
Geschmack: scharf, leicht bitter

Wilde Malve *(Malva sylvestris)*
Standort: Brachland, Wegränder
Sammelgut/-zeit: die Blätter, Blüten, Knospen und Früchte von Mai bis Oktober
Geschmack: die Blätter und Blüten eher mild, die Früchte leicht nussig

LINKS: Die Vogelmiere zählt geschmacklich zu den feinsten Wildkräutern.
RECHTS: Der Sauerampfer ist sehr gut an seiner rechts und links spitz zulaufenden Blattform zu erkennen.

Alle Ideen auf einen Blick

Frühling

Sommer

Herbst

Winter

Adressen, die Ihnen weiterhelfen

Vor Ort kaufen bringt Freude! Geschäfte für Bastelzubehör wie Motiv-Locher, Stempel, Deko-Draht usw. gibt es in fast jeder Kleinstadt. Ein Blick in die Gelben Seiten hilft Ihnen bei der Suche! Und natürlich werden auch in den Deko-Abteilungen von Baumärkten Kranz-Rohlinge, Deko-Draht, Tafellack & Co. geführt.

Deko- und Bastelbedarf

lille hus (mit Ladengeschäft)
Barfüßerstraße 22
35037 Marburg
056 65 / 80 04 21
www.lille-hus.eu
(Accessoires, u. a. Artikel von Liv by tm-interior)

Marabu GmbH & Co. KG
Asperger Straße 4
71732 Tamm
Tel.: 01 71 41/ 69 10
www.marabu.de/kreativ
(Tafellack, Kreativfarben)

Nostalgie im Kinderzimmer (mit Ladengeschäft)
Herrenchiemseestraße 4
81669 München
Tel.: 089 / 30 90 43 80
(Geschirr, Accessoires)
www.nostalgieimkinderzimmer.de

Rayher Hobby GmbH
Fockestraße 15
88471 Laupenheim
Tel.: 073 92 / 700 50
www.rayher-hobby.de
(Bastelbedarf wie z. B. Deko-Garn, Motiv-Locher)

tm room 77
Eppendorfer Weg 77
20259 Hamburg
Tel.: 040 / 42 10 25 27
www.tmroom77.com
(Bänder, Geschenkpapiere, Accessoires, u. a. Artikel von Liv by tm-interior)

Online-Händler

www.amazon.de
(Bastelzubehör, Motiv-Locher, Stempel)

www.buttinette.com
(Bastelzubehör, Motiv-Locher, Stempel)

www.dawanda.com
(Online Marktplatz für Selbstgemachtes von Designern und Kreativen, u. a. Etiketten, Masking-Tape)

www.franks-home.de
(Etiketten, Stempel-Sets)

www.idee-shop.de
(Bastelzubehör, 36 Filialen in Deutschland)

www.koenigreich-der-stoffe.net
(Bänder, Borten, Stoffe)

www.pepelinchen.de
(Bänder, Stoffe, Nähzubehör, Masking-Tape)

www.stilkiste.de
(Anhänger, Bänder, Accessoires)

Danksagung

Ich danke meiner wundervollen Lektorin Sandra-Mareike Kreß für die kreative und gute Zusammenarbeit!

Über die Autorin

Mit diesem Buch verbindet **Anke Schütz** Beruf und Leidenschaft. Die erfolgreiche Lifestyle-Fotografin ist eine passionierte Kräuter-Fachfrau der Freiburger Heilpflanzenschule und verfügt über ein fundiertes Wissen zu Wildkräutern, Wildbeeren und Pflanzen im Allgemeinen. Der künstlerische Schwerpunkt von Anke Schütz liegt auf Food, Deko und Gartenfotografie. Ihre Bilder sind in renommierten Frauen- und Lifestylemagazinen zu finden.

Impressum

Bibliografische Information der Deutschen Nationalbibliothek
Die Deutsche Nationalbibliothek verzeichnet diese Publikation in der Deutschen Nationalbibliografie; detaillierte bibliografische Daten sind im Internet über http://dnb.d-nb.de abrufbar.

BLV Buchverlag GmbH & Co. KG

80797 München

Bildnachweis:
Alle Fotos von Anke Schütz

Umschlagkonzeption: Kochan & Partner, München
Umschlagfotos: Anke Schütz

Konzeption und Lektorat: Sandra-Mareike Kreß
Herstellung: Hermann Maxant
Layout und Satz: griesbeckdesign, München

Gedruckt auf chlorfrei gebleichtem Papier

Printed in Germany
ISBN 978-3-8354-1183-8

Hinweis
Das vorliegende Buch wurde sorgfältig erarbeitet. Dennoch erfolgen alle Angaben ohne Gewähr. Weder Autorin noch Verlag können für eventuelle Nachteile oder Schäden, die aus den im Buch vorgestellten Informationen resultieren, eine Haftung übernehmen.